# Dead Poets Society

# 死亡诗社

〔美〕N.H.科琳宝姆 著
辛涛 译

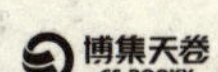

湖南文艺出版社
HUNAN LITERATURE AND ART PUBLISHING HOUSE
博集天卷
CS-BOOKY

**图书在版编目（CIP）数据**

死亡诗社 /（美）科琳宝姆（Kleinbaum，N.H.）著；辛涛译 .
—长沙：湖南文艺出版社，2011.6
书名原文：Dead Poets Society
ISBN 978-7-5404-4872-1

Ⅰ. ①死… Ⅱ. ①科…②辛… Ⅲ. ①长篇小说 – 美国 – 现代
Ⅳ. ①I712.45

中国版本图书馆 CIP 数据核字（2011）第 052451 号

**著作权合同登记号：图字 18-2011-92**
**上架建议：外国流行小说**



**死亡诗社**

**作　　者：**[美] N.H.科琳宝姆
**译　　者：**辛　涛
**出 版 人：**刘清华
**责任编辑：**丁丽丹　刘诗哲
**特约编辑：**尹艳霞
**监　　制：**孙淑慧
**版权支持：**辛　艳
**装帧设计：**付　莉
**出版发行：**湖南文艺出版社
（长沙市雨花区东二环一段 508号　邮编：410014）
**网　　址：**www.hnwy.net
**印　　刷：**北京嘉业印刷厂
**经　　销：**新华书店
**开　　本：**880×1230　1/32
**字　　数：**90千字
**印　　张：**7
**版　　次：**2011年 6月第 1版
**印　　次：**2011年 6月第 1次印刷
**书　　号：**ISBN 978-7-5404-4872-1
**定　　价：**22.00元
（若有质量问题，请直接与本社出版科联系调换）

# 目录
Contents

## *Chapter 1*… 智慧之光

威尔顿中学是一所坐落在佛蒙特州远山之中的私立学校。此刻，在那石头垒砌起来的小礼拜堂内，三百多名男学生穿着统一的校服，坐在长长的走廊两边等待着，家长们脸上洋溢着自豪围在他们身旁。随着一阵风笛的乐声，一个穿着宽大长袍的矮小老者走了进来，手中擎着点燃的蜡烛，后面跟着四名举着旗帜的学生，还有穿着礼袍的教师和几位校友，他们沿着石板长廊缓步走入这座神圣庄严的礼拜堂。

队列一直行进到礼拜堂前面的讲台旁。校长加尔 · 诺兰站在讲台上，他六十出头，高大强壮，正期待的望向台下。

“女士们，先生们……孩子们……”诺兰校长开始讲话，语调抑扬顿挫，他指着那位手持蜡烛的老人说：“智慧之光。”

老人拿着蜡烛缓步走上前时，观众席上响起一阵礼貌的掌声。风笛手走到讲台的角落位置，举旗帜的四个男孩把写有“传统”、“荣誉”、“纪律”、“卓越”的四面旗帜放下，然后安静地退下去，和观众们坐在一起。

手持蜡烛的老人走到观众的前排，那里坐的是全校最低年级的学生，他们手上都拿着未点燃的蜡烛。老人缓缓地弯下腰，将烛火传递给靠近过道的第一个学生。

每个男孩依次点燃邻座男孩的蜡烛，诺兰校长庄严地吟诵道：“知识之光将从老一代传到新一代。”

“女士们，先生们，尊敬的各位校友、同学们……今年是1959年，这标志着威尔顿中学已经走过了一百年。一百年前，四十一个男孩坐在这里，被问到同样的问题，每个新学期开始都会问到的问题。”说到这里诺兰校长故意停顿了一下，他的目光扫视着房间内孩子们那充满紧张、有点害怕的年轻面孔，然后提高声调，大声喊道：

“各位，我们的四大信念是什么？”

脚步的踢踏声打破了紧张的寂静，学生们一齐肃然而立。十六岁的托德·安德森是今天少数几个没穿校服的学生之一，当周围的学生都站起来时他有些犹豫。他妈妈用手肘轻轻推了推他后，他才不情愿地站起来。他的脸拉得很长，显得有些不高兴，眼中压抑着怒火。当其他人齐声高喊学校的四大信念——“传统！荣誉！纪律！卓越”时，他只静静地看着。

诺兰校长点点头，学生们坐了下来。椅子的嘎吱声平息后，礼拜堂内又充满了庄严的肃静。

诺兰校长对着麦克风大声说道：“建校第一年，本校仅有五位毕业生。”他停顿了一下，又继续说道，“去年我们则有五十一名毕业生，其中，超过四分之三的学生申请到了常春藤联盟的大学！”

听众席上爆发出热烈的掌声，自豪的家长紧挨着他们的儿子们坐着，都鼓掌祝贺诺兰校长所取得的成就。刚才那四个旗手中的两个——十六岁的诺克斯·奥佛史区和他的朋友查理·道尔顿，也跟随大家一起鼓掌。两个男孩都穿着校服，坐在他们各自的父母中间。他们就像是常春藤联盟的代言人，诺克斯留着短鬈发，有一副运动员的好身材，脸上时刻保持着友好的微笑；查理则是英俊、自信、活力四射的样子。

他们四下环顾寻找他们的同学。“这样的成就，”诺兰校长继续说道，“就是积极力行上述信念的结果。这也是各位家长愿意把孩子们送到这儿来的原因，也是本校成为全美最优秀大学预备学校的原因。”热烈的掌声再次响起，诺兰校长的讲话又一次被打断。

“各位新同学，”诺兰把他的注意力转向刚进入威尔顿中学的学生身上，“要记住，你们的成功有赖于这四大信念。这一原则也同样适用于七年级学生和转校生。”当校长谈及转校生时，托德·安德森再一次显得局促不安，脸上流露出羞愧的神色。“这四大信念是我们学校的格言，它们将变成你们生命的基石。”

“威尔顿协会候选人理查德·卡梅伦！”诺兰校长喊道。刚才那四个旗手中的一个站起身来。

“是，先生！”卡梅伦大喊。他的爸爸就坐在他的旁边，面露喜色，带着骄傲。

“卡梅伦，什么是传统？”诺兰高声问道。

“诺兰先生，传统是热爱学校，热爱国家，热爱家庭。我们威尔顿的传统就是成为最优秀的人！”

“很好，卡梅伦同学。”

“威尔顿协会候选人乔治·霍普金斯，什么是荣誉？”

卡梅伦拘谨地坐下，他的父亲则在一旁沾沾自喜。

“荣誉就是尊严，是履行责任！”一个男孩回答道。

“很好，霍普金斯同学。荣誉协会候选人诺克斯·奥佛史区。”旗手诺克斯站了起来。

"是，先生。"

"什么是纪律？"诺兰校长问。

"纪律就是要尊重家长，尊重老师，尊重校长。纪律来自内心。"

"谢谢你，奥佛史区同学。荣誉协会候选人尼尔·培瑞。"

诺克斯坐下，脸上带着微笑。他的父母分别坐在他的两边，他们轻轻地拍了拍他以示鼓励。

尼尔·培瑞站了起来，他校服胸前口袋上别着一大簇荣誉徽章。这个十六岁的少年老实地站着，眼睛直直地瞪着诺兰校长。

"卓越，培瑞同学？"

培瑞用一种单调的类似于死记硬背的声音大声回答："卓越是努力学习的结果，无论是在学校还是在其他任何地方，卓越是所有成功的关键。"回答完毕后他坐下，眼睛直视着讲台。坐在他旁边的父亲面无表情，眼神冷酷，一言不发，对他儿子没有丝毫的赞许。

"同学们，"诺兰校长说，"在威尔顿中学，你们将要比你们以往任何时候都更加努力地学习，你们获得的回报就是我们所有人期望的成功。"

"我们敬爱的英文老师波提斯先生退休了，所以借此机会我想让你们认识一下接任者，约翰·基丁先生。他也是本校的荣誉毕业生，过去几年，他一直在享有盛誉的伦敦切斯特中学任教。”

那位名叫基丁的老师和其他教职员工们坐在一起，听到对他的介绍后，他身体稍微前倾以示致意。他大约三十出头，长着褐色的头发、褐色的眼睛，中等个头——长相很普通，但显得很文雅，很有学者风度。不过尼尔·培瑞的父亲用怀疑的眼光打量着这位新的英文老师。

“在欢迎典礼的最后，”诺兰校长说，“我很荣幸地邀请我们威尔顿年纪最大的、现在还健在的毕业生，1886届的学生亚历山大·卡米克尔先生上台来为大家讲话。”

一个八十多岁的老人站起来，傲慢地避开了左右想要搀扶他的人，极其小心地、缓慢地挪到讲台上。他咕哝了几句话，大家都没能听清他说了些什么，典礼便到此结束了。学生们和他们的家长从礼拜堂中鱼贯而出，来到了冰冷的学校操场上。

饱经风霜的石头建筑物以及质朴的传统将威尔顿中学与外界分隔开来。诺兰校长注视着学生们与家长互道再见，仿若星期天站在教堂门外的牧师。

查理·道尔顿的母亲把他垂在眼睛上的头发轻轻拂开，

与他紧紧拥抱。诺克斯·奥佛史区的父亲则紧握着儿子的手在校园里漫步，仔细辨认着那些地标性建筑。尼尔·培瑞的父亲僵硬地站着，调整着儿子胸前的徽章。托德·安德森一个人站在那儿，试图用鞋子把地上的一粒石子挖起来。他的父母在旁边与另一对夫妇说话，没有过多理会他。诺兰校长走过来，看了看托德的姓名标签，把托德吓了一跳。

“啊，安德森，你的前途远大啊。你哥哥是我们最出色的学生之一。”

“谢谢，先生。”托德低声回答。

诺兰校长继续向前走，笑容可掬地向家长和学生们打招呼。当他走到尼尔父子面前时，他站住了，把手放在尼尔的肩头。

“我们对你寄予了很大的期望，尼尔。”诺兰对尼尔说。

“谢谢您，诺兰先生。”

“他不会令我们失望的。”尼尔的父亲对诺兰说，“对吧，尼尔？”

“我会尽最大努力，先生。”尼尔回答。诺兰拍拍尼尔的肩膀继续往前走。他注意到许多低年级的孩子在向他们父母亲道别的时候，嘴唇颤抖着，眼泪也流了出来。也许这是他们第一次离开自己的父母吧，他想。

一个父亲微笑着跟他的儿子挥手道别，说：“你会爱上这里的。”

“别再孩子气。”另一个父亲大声地对他那显得有点惶恐的儿子说。

渐渐地，家长们都离开了，汽车一辆一辆地开出校园。在佛蒙特州浓密树林怀抱中的威尔顿中学，开始成为孩子们的一个新家。

“我想回家！”一个男孩哭叫着，另一个高年级学生拍拍他的后背，带着他朝宿舍走去。

# Chapter 2… 初入威尔顿

四十名低年级班的学生顺着宿舍楼梯匆忙往下走，同时十五名高年级学生努力地挤开路往上走，场面有点混乱。“慢点儿，孩子们。”一个带着爱尔兰腔调的老师大声提醒着学生们。

“好的，麦卡利斯特老师。”一名低年级学生回答。“对不起，老师。”另一个男孩从宿舍冲出来，擦着麦卡利斯特的身边跑过去。麦卡利斯特冲他摇摇头。

在挂满了相框的学校荣誉室内，集合着低年级班的学生们。他们正在等候轮流见校长。学生们有的坐着，有的站着，眼睛都向上瞪着靠墙的楼梯，那里通往二楼的校长办公室。

不一会儿，校长室的门开了，五个男孩安静地排成队列走下楼梯。头发花白的老教师哈格博士拖着脚走到门口，喊道：

“奥佛史区、培瑞、道尔顿、安德森、卡梅伦，进来。”

被叫到名字的这几个男孩顺着楼梯排成队往上走，坐在下面的两个男孩盯着他们。

“谁是新来的，米克斯？”皮兹低声问他的同学。

“安德森。”史蒂文·米克斯轻声回答。

老哈格听到他们在悄悄说话，扭头朝下喊道：“皮兹同学和米克斯同学，注意点。”

正在上楼的几个男孩偷笑着扭头看他们。皮兹翻了翻白眼。

哈格博士虽然老了，眼睛却像鹰一样锐利，他看见皮兹在翻白眼，便说：“你又在淘气，皮兹。”

被哈格博士点名的几个男孩跟着他，经过诺兰校长的夫人兼秘书诺兰太太身边，走进里间校长诺兰的办公室。

他们在诺兰校长办公桌对面的一排椅子前站住。诺兰校长坐在桌子后面，一只猎犬趴在他旁边。

“欢迎回来，孩子们。道尔顿，你父亲还好吧？”诺兰问。

“非常好，先生。”查理回答。

“奥佛史区，你们家搬到新房子里了吧？”

“是的，先生，大约一个月前。”

“嗯，很好。”诺兰校长微微笑了一下，“我听说房子非常漂亮。”他拍了拍那只狗，给了它一块小点心。男孩们笨拙地站在一旁等候。

“安德森，”诺兰校长说，“因为你是新来的，所以我向你解释一下。在威尔顿，我根据学生们的特长和兴趣来安排课外活动。对这些课外活动，你们要和课内作业一样认真对待，明白吗，孩子们？”

“是，先生。”男孩们像军人般整齐地回答。

“不参加所要求的活动将会被记过。现在听好了。道尔顿：校刊、服务性社团、足球和赛艇。奥佛史区：威尔顿协会候选人、校刊、足球、校友之子俱乐部。培瑞：威尔顿协会候选人、化学俱乐部、数学俱乐部、学校年鉴、足球。卡梅伦：威尔顿协会候选人、辩论俱乐部、服务性社团、荣誉委员会、辩论术、赛艇。”

“是，先生。”卡梅伦回答。

“安德森，根据你在贝林葵斯特中学的记录，你参加如下课外活动：足球、服务性社团和学校年鉴。好了，现在你们有什么问题吗？”

托德想说话，张张嘴却没发出声音来。

“说出来吧，安德森。”诺兰说。

“我……更……喜欢……赛艇……先生。”托德艰难地说，声音低得几乎听不见。诺兰看着托德，托德浑身颤抖起来。

“赛艇？他是说赛艇吗？可是记录上说你在贝林葵斯特时踢足球？”

托德艰难地回答：“是的……可是……”他几乎是在耳语，汗珠从他的额头上迸了出来。他紧握住双手，关节都发白了。其他几个男孩都瞪眼看着他，托德窘迫得眼泪都快要流出来了。

“在这里你会喜欢上足球的，安德森。好了，孩子们，解散。”

男孩们快步走出来，托德的脸痛苦得发白。门口，哈格博士叫着另外五个学生的名字。

这几个男孩穿过校园朝他们的宿舍走去。托德一个人独自走着，尼尔·培瑞主动上前与他握手，自我介绍道：

“听说我们一个宿舍，我是尼尔·培瑞。”

“托德·安德森。”托德轻声回答。他们没再说话，气氛有些尴尬。

“你干吗换到这儿上学？”尼尔问道。

“我哥哥以前在这里念过书。”

尼尔恍然大悟般说道："哦，就是那个安德森。"

托德耸耸肩，苦笑道："我父母一直想要我来这里上学，但我的分数不够，所以我不得不去贝林葵斯特上学把分数提上来。"

"那你已经赢得安慰奖了。"尼尔哈哈大笑，"别指望你会喜欢这里。"

"我也没指望。"托德说。

他们走进宿舍楼的门廊，这里真是一片混乱，到处走动的学生就不说了，手提箱、打字机、枕头、电唱机等乱糟糟地满地堆着。

有个校工站在门廊的前面，茫然地看着一大堆未认领的行李。尼尔和托德蹲下身来寻找他们的行李。尼尔找到了他的，于是提着行李开始寻找他们的房间。

这是一个小房间，仅仅能容得下两张单人床、两只橱柜和两张桌子。尼尔轻笑着唱："家，甜蜜的家。"随手把他自己的手提箱放到其中一张床上。

理查德·卡梅伦探头进来，对尼尔说道："听说你有一个新室友，像个呆瓜一样。哎哟！"卡梅伦正说着，托德进来了。

卡梅伦吐了吐舌头，赶紧走开，托德与他擦身而过，把自己的手提箱放在另一张床上，然后打开箱子自顾自往外取东西。

“别介意卡梅伦的话，”尼尔说道，“狗嘴里吐不出象牙来。”托德只是耸一耸肩，继续往外拿东西。

诺克斯·奥佛史区、查理·道尔顿和史蒂文·米克斯一起出现在门口。“嗨，培瑞，”查理说，“ 听人说你上暑期班了。”

“对，学化学。我爸说提前点好。”

“哦，”查理说道，“米克斯的拉丁文不赖，英语我不怕。要是你愿意，我们可以组个学习小组。”

“没问题，但卡梅伦也问过我了，把他也算进来怎么样？”

“他有什么东西拿手？”查理大笑道，“拍马屁吗？”

“好了，他可是你的室友啊！”尼尔说。

“那可不是我的错。”查理摇摇头。

这几个男孩在闲聊时，托德继续从自己的手提箱中往外拿东西。史蒂文·米克斯走了过去。

“嗨，我想我们没见过。我是史蒂文·米克斯。”

托德有点羞怯地伸出手，说：“我是托德·安德森。”

诺克斯和查理也走过去和他握手。

“查理·道尔顿。”

“诺克斯·奥佛史区。”托德也正式地握了握他们的手。

“托德的哥哥是杰佛里·安德森。”尼尔说。

查理恍然大悟地看看托德，说：“哦，真的啊。代表毕业生致辞的人，全国优秀学生……”

托德点点头。“欢迎你到地狱来。”米克斯大笑着说。

“这鬼地方可不好混，除非你是米克斯那样的天才。”查理说道。

“他会拍马屁，不然我也不会帮他补习拉丁文。”米克斯说。

“还有英语，还有几何……”查理补充道。米克斯笑笑。

有人在敲门。“门没关！”尼尔喊道。门开了，尼尔的父亲出现在门口。

“爸爸！”骤然见到父亲，尼尔脸都白了，他结结巴巴地说，“我以为您已经走了！”

# Chapter 3 父子冲突

男孩们赶忙站起来。“培瑞先生。”米克斯、查理和诺克斯齐声问候尼尔的父亲。

培瑞先生快步走进房间，说：“坐下吧，孩子们，都还好吧？”

“很好，先生，谢谢您。”他们回答。

培瑞先生走到尼尔面前，尼尔不安地挪动着脚。“尼尔，我觉得你这个学期课外活动太多了。我找诺兰先生谈过了，他同意让你明年再参加学校年鉴。”他说完后转身朝门口走。

“可是，爸爸，”尼尔叫起来，“我是助理编辑！”

“我看算了，尼尔。”培瑞先生生硬地说。

“可是，爸爸，这不公平。我……”

培瑞先生怒视着他，尼尔不敢再说什么。随后，他打开门，示意尼尔跟他出去。

“孩子们，我们得单独谈一下。”尼尔父亲很有礼貌地对大家说，然后在尼尔后面把门带上。

培瑞先生眼睛里冒着怒火，他低声而又严厉地对他儿子说：“别公开跟我顶撞，明白吗？”

“爸爸，”尼尔无力地辩解，“我不是顶撞，我……”

“等你从医学院毕业，自立了，你想干什么就干什么，但在那之前，你得听我的！”

尼尔看着地板，无可奈何地回答：“是，爸爸，对不起。”

“你知道这对你妈妈有多重要，对不对？”培瑞先生说。

“是，爸爸。”尼尔默不作声地站在他父亲前面。他的决心总是在内疚和处罚的胁迫下被撕得粉碎。“呃，你知道的，我总喜欢找事。”尼尔说。

“好孩子，需要什么东西就给我们打电话。”培瑞先生没再多说什么，转身出去了。尼尔看着父亲的背影，沮丧和愤怒淹没了他，为什么他总是这样默默忍受呢？

他打开门回到宿舍，几个男孩努力表现得好像什么事情也没发生似的，每个人都在等着其他人说话。最后，查理打破了难堪的安静。

“他干吗不让你做想做的事呢？”查理问。

“是啊，尼尔，跟他吵！没什么大不了的。”诺克斯补充道。

尼尔抹了抹眼泪。“哦，够了。”他讥笑道，“就像你们跟父母吵？未来的律师先生，未来的银行家先生！”说完尼尔不耐烦地走来走去，几个男孩也不知道该说什么了，都低头看着自己的鞋子。突然，尼尔把他的学校年鉴奖章一把从制服上扯下来，猛地摔到桌子上。

“要是我，”诺克斯走向前说，“我是不会让我的父母那么对待我的。”

“是吗，”尼尔讥笑道，“可你正在不折不扣地按照他们所说的做！你铁定会去你老爸的律师事务所，就像我现在铁定站在这里。”他又转向查理，查理正四仰八叉地躺在尼尔的床上。尼尔对他说：“而你不得不审批贷款直到你受不了！”

“好了。”查理终于认输了。他站起来，说，“其实我也不喜欢那么做，我只是说……”

“别教我怎么跟父亲说话，你们都一个样，不是吗？”尼尔提高声音说。

“好了，”诺克斯叹气说道，“老天，那你准备怎么办？”

“别无选择，放弃呗。”

“要说这事我也不会想太多，”米克斯笑着说，“就是一帮疯子想编点哗众取宠的东西呗。”

尼尔猛地合上他的手提箱，颓然坐在床上。“好了，我也根本不在乎。”他用手掌重重地击打着枕头，向后躺到床上，眼睛瞪着天花板，一言不发。

男孩们闷闷不乐地坐着，感受着尼尔的失望与悲伤。“我不知道其他人怎样，”查理说，“但我肯定要复习拉丁文的，八点钟，在我宿舍？”

“行。”尼尔沉闷地答应。

“托德，也欢迎你来参加。”查理又对托德说。

“对，一起来吧。”诺克斯附和道。

“谢谢。”托德说。

朋友们都离开后，尼尔起床捡起了他刚才扔掉的奖章。托德还在收拾他的东西，他拿出了一个相框，里面是一张全家福，照片中他的父母慈爱地搂着一个年龄较大的男孩，显然就是托德那位有名的哥哥杰佛里。尼尔瞥了眼托德的照片，发现照片里托德与家里其他人站得稍稍有点远，与他们在一起，但又并不完全属于一个整体。这时托德又拿出一套刻花皮革的文具组合，把它放在桌子上。

尼尔扑通一声坐在自己床上，斜倚着床头。“你怎么看我父亲？”他面无表情地问。

“我会听他的话。”托德声音很小，几乎是在自言自语。

“什么？”尼尔没听见。

“没什么。”

“托德，如果你想要在这里成功，你就必须要学会大声说话。虽然柔顺的人将会继承大地[1]，但是这种人永远进不了哈佛，你明白我的意思吗？”托德点点头，没说话，叠起一件白色的领尖钉有纽扣的牛津布衬衫来。尼尔手里捏着那个奖章，突然大骂一声：“浑蛋！”把奖章的金属尖头刺入自己的大拇指，血流了出来。

托德吓得赶紧避开。尼尔眼睛死盯着血，随后他把奖章拔出来用力地砸向墙壁。

1 《圣经》中提及英国人的话：柔顺的人是有福的，因为他们将继承大地。——译者注

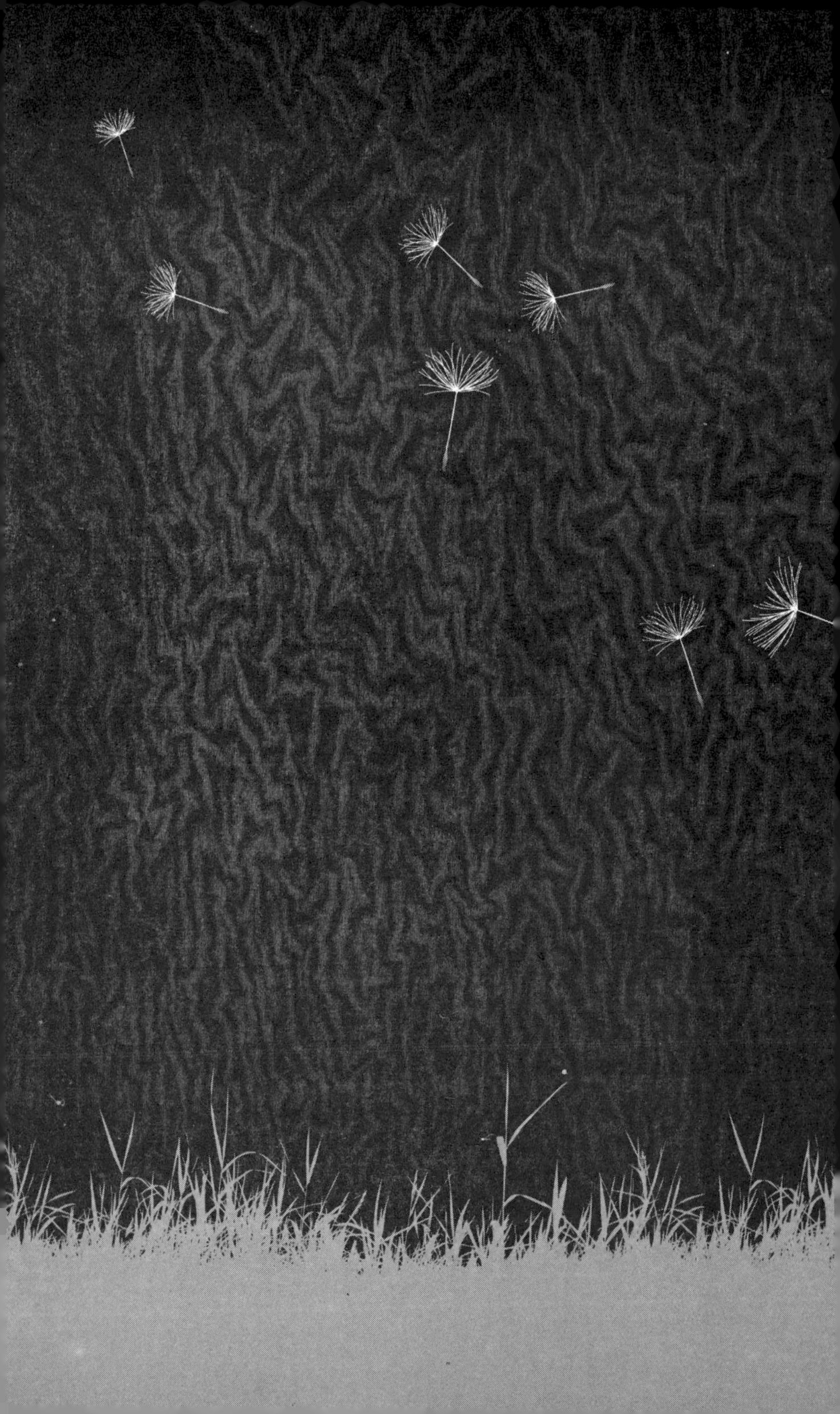

## *Chapter 4*… “哦，船长！我的船长！”

第一天上课，早晨的天气明亮晴朗，低年级班的学生们从盥洗室冲进冲出，飞快地穿着衣服。“那些七年级的学生看上去慌里慌张的，神经也太紧张了。”尼尔一边用冷水洗脸一边笑着说。

“我也感到紧张。”托德点头。

“别担心，第一天总是难熬一些，”尼尔说，“但我们肯定能过去，我们总能熬过。”他们穿好衣服，快速跑到化学楼。“我们不该睡得太迟而错过早饭，我的肚子在咕咕叫。”尼尔说。

“我也是。”托德附和道。他们一起溜进了化学实验室，诺克斯、查理、卡梅伦还有米克斯以及班上其他同学都已经在教室里了。教室的前面，一个戴着眼镜的秃头教师正在分发课本。

“除了课本里的作业外，”他严厉地说，“你们还要从项目表上选三个试验项目，每五周写份报告。第一章末的前二十道题明天要交上来。”

听老师这么说，查理·道尔顿的眼睛瞪得大大的，他不相信地看了诺克斯·奥佛史区一眼，两人都惊愕地摇了摇头。

托德似乎是这些人中唯一一个不感到吃惊的人。老师的声音还在嗡嗡嗡地响着，但学生们已经听不进去了，他们还停留在“前二十道题”那里。下课铃终于响了，学生们都逃也似的从化学教室转移到了麦卡利斯特老师的教室。

麦卡利斯特也许是当代教育史上唯一一个用爱尔兰土音来教拉丁文的老师。他没有浪费时间，直接进入主题，把课本发下去后就开始讲课。“我们先从名词词尾变化开始，埃格利科隆、埃格利科拉、埃格利科利、埃格利科让、埃格利科利斯……”麦卡利斯特绕着教室一边走一边重复着这些拉丁文词语，学生们努力地跟着他读。

在四十分钟的朗读之后，麦卡利斯特停了下来，对全班说：“同学们，明天早晨要就这些名词对你们进行测验，你们要做好准备。”他这句话一说完，整个教室便响起一片抱怨声。就在麦卡利斯特准备开始第二轮朗读时，下课铃响了，学生们总算是被解救了出来。

“那家伙真是个疯子！我绝对不可能在明天早晨之前就把那些名词全部学会。”查理抱怨道。

“别担心，我会教给你们规律的，今晚我们一起学。快点吧，数学课我们要迟到了。”米克斯说。

在哈格博士的教室里，墙上挂着数学图表，课本也已经放到每个人的桌子上，就等着学生们来上课了。

“学习几何，要求非常精确。”哈格博士说，“任何人不按时完成作业，他最后的成绩会被扣掉一分。奉劝你们不要以身试法。下面谁来解释一下余弦的定义？”

理查德·卡梅伦站起来背诵：“一个角相邻的直角边与斜边的比称为这个角的余弦，以角A为例……”

整节课上哈格博士连珠炮般地向全班提问，学生们像机器人一样地举手，站起，一口气答出答案，然后再坐下，出错的则老实地接受严厉斥责。

铃声终于响了。“感谢上帝，我想我连一分钟都坚持不下去了。”托德一边收起书本一边抱怨道。

“你会慢慢习惯老哈格的，一旦你能跟上他的步速，你就会做得很好。”米克斯安慰他说。

“我已经落在后面六步了。”托德叹气说。他没再说话，跟随大家慢吞吞地走进英语教室，把课本放到桌上，坐下来。

基丁，那位新英语老师，穿着衬衣打着领带，没有穿外衣，坐在教室的前面，正看着窗外。学生们渐渐安静下来，很感激能有一刻放松的时间，来缓解一下前几个小时的压力。可过了一会儿，基丁老师仍然看着窗外，学生们坐立不安起来。

最后，基丁站了起来，他拿起一把码尺，在过道中来来回回地走。当他走到一个脸红的男孩面前时停了下来，盯着这个男孩的脸，和蔼地对他说：“不要害羞。”

他继续绕着教室走，边走边专注地看着学生们。走到托德·安德森旁边时他大声“啊哈”一下，当他走到尼尔·培瑞面前时又是“啊哈”一声。

“哈！”最后基丁喊一声，用码尺击打着自己的另一只手，大步走到教室前面，登上讲台。他看着全体学生，用码尺做了一个手势，大喊道：“敏捷的年轻人！”

还没等大家反应过来，他又猛然一下跳上了自己的桌子，转回身来面对全班。“哦，船长！我的船长！”他充满激情地朗诵道，然后环视全班，问：“谁知道这句话的出处？有吗？没人知道？”他眼神锐利地看着沉默的男孩们，说，“出自沃尔特·惠特曼，为亚伯拉罕·林肯写的一首诗。在班上你们可以叫我基丁老师，也可以叫‘哦，船长！我的船长！’”

他从桌子上跳下，又开始在过道里踱步，一边走一边说：“我首先要消除一些谣言，免得误人子弟。没错，我也上过这所学校，不过当时的我还是个张皇不安的青涩小子，毫无个人魅力可言。”

“然而，你们还是应该仿效我的方式，这有助于提高你们的成绩。现在请拿起你们的课本，各位，我们去荣誉室。”

基丁先生用那把码尺作指示，自己率先拉开门走了出去。学生们都安静地坐着，不知道该怎么办。

“我们最好跟他走。”尼尔说，带头从教室的后门出去。其他学生这才起身，拿了自己的课本来到威尔顿荣誉室，就是他们开学时等着见诺兰校长的那间有着很多橡木相框的屋子。

男孩们乱哄哄地走进屋里时，基丁先生正边走边看着墙壁上的陈列，那是可以追溯到19世纪的学校每一届的班级相片。各种奖杯堆满了墙上的架子和玻璃橱。

学生们都落座后，基丁先生转过身来。他看向手中的花名册，“皮兹，”他念道，“真是一个不幸的名字，跟‘坑洞’一个意思。皮兹同学，请站起来。”皮兹站了起来。基丁对他说：“打开你的课本，翻到第542页，念一下那首诗的第一节。”

皮兹迅速翻到这一页，“劝少女们珍惜时光？”他问道。

“是的，就是那首。”基丁说。全班同学又哄笑起来。

“好的，老师。”皮兹回答。他清了清嗓子，开始念：

玫瑰堪摘直须摘，
韶光不再来：
好花红笑今时艳，
明朝化尘埃。

皮兹读完了。基丁问大家：“‘玫瑰堪摘直须摘’，这种感慨用拉丁语说就是‘卡匹迪恩（Carpe Diem）’。有谁知道是什么意思吗？”

“拉丁学者”米克斯站起来回答：“‘Carpe Diem’意即‘抓住每一天’。”

“非常好。你是……？”

“米克斯。”

“抓住每一天，”基丁重复道，“作者为什么要写这句话？”。

“因为他很急切。”一名学生站起来大声回答。几个学生偷偷地笑。

“不，不，不对！因为我们是蛆虫的食物，小伙子们！”基丁大声说，“因为我们只能经历有限的几个春秋。”

“不管你们信不信，我们每个人有一天都要停止呼吸，变冷，死亡！”他停了停又继续说，“你们到前面来，好好看看这些六七十年前进入这所学校的男孩们的面孔。不要害怕，来看看他们。”

学生们站起来走到荣誉室墙上陈列的班级相片前面，他们看着这些年轻的面孔，而那些人也似乎正从遥远的过去盯着他们。

“他们和你们差别不大，对吧？他们眼中充满希望，就像你们一样。他们相信自己注定要成就伟大的事业，就像你们很多人一样。可是，现在那些微笑到哪里去了？那些希望又都怎样了呢？”

男孩们盯着那些照片，他们表情严肃，思考着基丁的话。基丁绕着屋子一幅一幅照片地指给他们看。

“他们是不是曾经因蹉跎而错过他们本可能成就的任何事业？在追逐世俗的成功中，他们有没有抛弃儿时的梦想？现在当年的年轻人已经变成了花下之尘！但是，如果你们靠近些，孩子们，你们就能听见他们在低声耳语。来，往前走一点。”他鼓励着。“附耳过去，听到了吗？你们能听见吗？”孩子们都很安静，一些人迟疑地向照片靠过去。基丁低沉地说：“Carpe Diem，抓住每一天，让你们的生命超越凡俗。”

托德、尼尔、诺克斯、查理、卡梅伦、米克斯、皮兹以及其他学生都凝视着墙上的相片，陷入到沉思中，直到铃声打断了他们的思绪。

“太怪了。”皮兹一边收拾着他的课本一边说。

“但与众不同。”尼尔若有所思地说道。

“有点吓人。”诺克斯补充道。走出房间时，他的身体有些颤抖。

“你觉得他会考我们这些吗？”卡梅伦问，他有点迷惑。

“哦，得了吧，卡梅伦，”查理大笑着，“你什么也没听明白？”

## *Chapter 5*… 丹伯利家的奇遇

午饭后，学生们到体育馆集合准备上体育课。

“好了，同学们，”体育老师高声喊道，“我们现在来做些运动。绕着体育馆开始跑步，每跑完一圈停下来检查一下你的脉搏。谁要是没有脉搏了就过来见我。”

男孩们低声抱怨着，慢吞吞地开始绕着巨大的体育馆跑起来。体育老师笑了笑，走到边上，靠着墙看着他们。

“黑斯廷斯，快点，拿出决心来。”他朝一个男孩喊道，“记着检查脉搏。”

诺克斯跑过来时，他喊道：“跑得不错，奥佛史区，步法很好。”诺克斯笑笑，朝老师挥了挥手。

没有一个人认为自己能一直跑完整堂课，体育课快结束时，他们都为自己感到惊讶。

“我要死了。”站在浴室中，皮兹大喘着气说，“那家伙应该去教军校！”

“得了吧，皮兹，锻炼锻炼对你有好处。”卡梅伦哈哈笑着说。

“你说得轻巧，那家伙快把人整死了！”皮兹说。体育老师从浴室那头走过来，皮兹赶紧转身面对墙壁。

“小组学习，怎么样？就在晚饭后。”米克斯说。

“行！算我一个。”几个男孩应和道。

“拿上肥皂，哈里森，”体育老师大声喊道，“说你呢，”他又指着另一个男孩，“动作快点，擦干身体！”

“不好意思，米克斯，我去不了了。”诺克斯说，“今晚我得到丹伯利家吃饭。”

“丹伯利是谁？”皮兹问道。

“哟！著名校友。”卡梅伦吹了声口哨，“你怎么认识他的？

诺克斯耸耸肩说道：“他是我爸的朋友，可能都九十多岁了。”

“怎么着都比我们这里糟糕的炖肉强。”尼尔笑着说。

“说得没错！”查理说。

男孩们穿好衣服，把运动服扔进寄物柜后往浴室外走。托德一个人默默地坐在长椅上穿短袜。

“你在想什么呢？”尼尔挨着托德坐下，笑着问他。

“没什么。”托德摇摇头说。

“来参加学习小组吗？”尼尔问。

“谢谢，但是……我还是做历史作业吧。”托德笑笑说。

“随便你吧。”尼尔说着站起来，收拾起课本走了出去。托德看着他的背影又发了一会儿呆，然后穿上鞋拿起课本，慢慢地往宿舍走。

路上，托德望着校园外面的绿树，远处一轮火红的落日徐徐落下，不禁有些感触。他叹口气，自言自语道：“世界这么大，这里却这么小。”

进了宿舍楼，他笑着和大厅里的几个同学打招呼，一走进自己的房间就赶紧关上门，重重地叹息一声，垂头丧气地坐下。

“真不敢想我要做这么多的作业。”他翻开历史课本，拿出笔记，盯着纸上的空白地方，不知不觉中用大黑体字写下“抓住每一天”几个字。

“抓住每一天？”他问出了声，“怎样才能抓住每一天？”他叹息一声，把这页纸从笔记本上撕下来，扔进了废纸篓，然后拿过历史课本强迫自己专心看。

“好了吗，奥佛史区？”哈格博士走进荣誉室问道，诺克斯·奥佛史区正在端详墙上威尔顿中学过去的学生照片。

“准备好了，老师。谢谢。”诺克斯回答。他跟随哈格博士出来，上了停在楼前的“木头”轿车。尽管是黑夜，仍能感受到佛蒙特州秋天的多彩多姿。“颜色变幻的时候真的是很美，是吧，哈格博士？”诺克斯兴奋地说。

“颜色？哦，是的。”哈格咕哝着，发动起这部老旧车子，一路朝丹伯利家的府邸开去。

到了丹伯利家，诺克斯笑着与哈格博士道别，说：“谢谢您开车送我，哈格博士。丹伯利说晚餐过后他们会送我回学校。”

“不要超过九点，孩子。”老教师严肃地说。

“是，先生。”说完，诺克斯转身走向丹伯利家。这是一栋白色殖民地时期的大别墅。走到门前，诺克斯按了按门铃，开门的是一个漂亮女孩，看起来好像比诺克斯稍稍大一点，穿着网球短裙。

“嗨。”她微笑着招呼道，蓝色的眸子活泼而友善。

诺克斯被她的美丽惊呆了，他犹豫着，“啊……嗨”，也算是打了个招呼。

“你是来找切特的吗？”她问。诺克斯盯着她，两只眼睛只顾上上下下打量她健美的身材。“切特？”她笑着又问了一遍，“你是来找切特的吗？”

一位中年女子从女孩旁边探出头来，诺克斯这才结结巴巴地问：“是丹伯利太太吗？”

“是诺克斯吧。”中年女子笑着问。女孩向后闪身，往楼梯那里走去。“请进，我们一直在等你。”

诺克斯跟在丹伯利太太后面进了屋，目光紧跟着那女孩儿，她正两步一个阶梯地飞奔上楼。

丹伯利太太领他走进了一个宽敞的木制书房，接着对一个打扮光鲜，看上去有四十岁的男人介绍说：“乔，这是诺克斯。”

乔热情地伸出手，微笑着说：“诺克斯，见到你真高兴，我是乔·丹伯利。”

“很高兴见到您。”诺克斯笑着答道，同时努力克制自己不往楼梯边看。

“你简直跟你父亲一个样。他还好吧？”乔边问边递给诺克斯一杯汽水。

“很好，刚为通用汽车公司办了个大案。”诺克斯点头说道。

“嗯，这也是你的志向吧——有其父必有其子嘛，呵？”乔大笑起来，“你见过我们的女儿维吉尼亚了吗？”

“哦，是刚才那位吗？”诺克斯指着楼梯，饶有兴致地问。

“维吉尼亚，跟客人问好。”丹伯利太太喊道。一个女孩从对面房间的地板上站起来，她看上去大概十五六岁，娇小可爱。她的书和写得非常工整的笔记散落在地板上。

她看着诺克斯，羞怯地笑笑说：“我叫金妮，你好。”

“你好。”诺克斯扫了一眼金妮，又回头往楼上看去，从这个角度可以看见一双修长的腿正站在那里，诺克斯的眼睛像是被粘住了一样。他听到楼上传来一阵咯咯咯的笑声。意识到身边还有人，诺克斯尴尬地转回头来。

“请坐，请坐。”丹伯利先生示意诺克斯坐到旁边一张皮椅子上，说：“你父亲告诉过你，我和他一起合作过的那件案子吗？”

“对不起，您说什么？”诺克斯心不在焉地问。穿着网球短裙的女孩走下楼来，一个高大的看上去像个运动员一样的小伙子陪着她。

“他没有告诉过你那件事？”丹伯利笑着问。

“嗯，没有。”诺克斯回答，没法把眼光从女孩身上移开。丹伯利先生讲起那件案子来，与此同时，那对年轻男女走进了房间。

“我们真的被难住了，”他回顾道，“我当时确信已经输掉了我此生最大的案子了。但你父亲来到我这儿，告诉我他能够避免财产被转让——但是，只有我将客户给我的所有酬劳全部给他他才会帮我！这家伙！”丹伯利用手拍打着自己的膝盖，“你知道我怎么做的吗？”

“怎么做的？”诺克斯问。

“我任凭他拿走了全部酬金！”丹伯利哈哈大笑，“我当时什么也顾不上了，就想打赢那场官司，所以我让你父亲拿走了全部酬金！”丹伯利先生又是一阵大笑。诺克斯也假装笑着附和丹伯利，但他的眼睛却一直瞟着刚才从房间出来，此时正站在门口的那对年轻男女。

“爸爸，我能开你的别克吗？”那个年轻小伙子问。

“你的车出什么问题了？切特，你的礼貌哪去了？诺克斯，这是我的儿子切特，那是他的女朋友克莉丝·诺埃尔，这位是诺克斯·奥佛史区。”丹伯利先生替双方介绍道。

“我们可以说是见过了。”诺克斯盯着克莉丝说。

“是的。”克莉丝微笑着回答。

“嗨。”切特只是淡淡地朝诺克斯打声招呼。

这时丹伯利太太站起来说：“对不起，我去看看晚餐准备得怎么样了。”

“好啦，爸爸，这又不是什么难事。”切特催促着。

“我已经给你买了辆跑车，可你现在想用我的车，是怎么回事？”

“克莉丝的妈妈认为我们开大一点的车更安全。对吧，克莉丝？”切特边说边朝克莉丝坏坏一笑，克莉丝脸红了。

“好了，切特。”克莉丝说。

“不行。快点，爸爸……”乔·丹伯利走出书房，切特跟在后面恳求着，“好啦，爸爸。你今晚又不用别克，为什么不能让我用呢？”

父子俩在客厅里争论起来，这边诺克斯、金妮，以及克莉丝三人则尴尬地站在书房里。

“那么，嗯，你在哪里上学？”诺克斯问。

“里奇伟中学。”克莉丝回答，然后她转头问金妮：“亨利·霍尔还可以吧，金妮？”

“还好。”金妮淡淡地说。

“那也算你们的姊妹学校，对吧？”克莉丝看着诺克斯问道。

“差不多吧。”

“金妮，你要参加你们学校的戏剧演出吗？”克莉丝问金妮，又向诺克斯解释道：“他们学校正准备演《仲夏夜之梦》。"

"也许吧。"金妮耸了耸肩。

"那，你怎么认识切特的？"诺克斯问克莉丝。两个女孩都看着他，诺克斯赶紧解释："我的意思是，呃……"

"切特是我们学校足球队的，我是拉拉队的。"克莉丝说，"他以前也上过威尔顿中学，但后来成绩跟不上就退学了。"她又扭头对金妮说，"你应该去威尔顿的，你那么棒。"

金妮羞怯地低下头。这时切特出现在门口，"克莉丝，"他笑着说，"搞定了，咱们走吧。"

"很高兴认识你，诺克斯。"克莉丝笑着跟诺克斯道别，与切特手拉手向外走。"再见，金妮。"

"很高兴认识你，克莉丝。"诺克斯喉头有点发紧。

"我们坐吧，晚餐还要会儿时间。"金妮建议。两个人坐下后，也没什么话说，气氛有些尴尬。"切特就想要别克，那样他们就可以去街心公园里亲热了。"金妮没话找话地说，但说完又感觉说这话有些不好意思，脸有些发红，可也想不出有什么更有趣的话题。

诺克斯透过窗户看到克莉丝和切特进了别克后在里面亲吻，长久而热烈，他感觉自己的心在咚咚地跳，强烈的妒忌涌了上来……

两个小时后，诺克斯摇摇晃晃地走进宿舍前厅。尼尔、卡梅伦和查理正在这里学数学，皮兹和米克斯在组装一架矿石收音机。诺克斯倒在一张长沙发上。

“晚餐怎么样？你看起来心事重重的。都吃了什么，威尔顿伙食？”查理问道。

“糟透了。”诺克斯哀号着，“真让我痛心啊！我见到了我这辈子见过的最漂亮的女孩！”

尼尔跳起来跑到长沙发旁，问诺克斯：“你疯了吗？这有什么不好的？”

“她差不多已经和切特·丹伯利订婚了，那个大黑猩猩！”诺克斯哀叹着。

“真可惜。”皮兹说。

“太可惜了！不止是太可惜，它就是个悲剧！”

诺克斯站起来喊道：“为什么她非要和那个傻瓜恋爱呢？”

“所有漂亮妞都喜欢傻瓜，”皮兹很实际地说，“这个道理你该明白，忘了她吧。拿出你的几何课本，想一下第十二道题。”

“我忘不了她，皮兹，现在我没心思做几何题！”

“你肯定行。立刻忘掉她——你不就可以开始学了！”米克斯哈哈大笑道。

“哦，米克斯！你说得那么轻巧。”一旁的卡梅伦边摇头边说。

米克斯咧嘴笑笑：“不然他还能怎样。”

诺克斯烦闷地来回走着，听到这句话后他站住，说：“你们真的认为我应该忘了她？”

“还有别的选择吗？”皮兹说。

诺克斯一下子跪倒在皮兹的面前，就好像他正在向皮兹求婚，用一种夸张的语气说：“只有你，皮兹，只有你啊！”皮兹一把把他推到沙发上。几个男孩没再理会诺克斯，继续做他们的数学题。

大家又学了一会儿，米克斯说：“今晚就到这吧，伙计们。明天会有更多作业，不要害怕啊。”

大家收拾课本准备回去。“喂，托德怎么了？”卡梅伦问。

“他说他想做历史作业。”尼尔说。

“走吧，诺克斯，”卡梅伦说，“你会挺过这小妞这一关的。也许你会想出些办法来赢得她的爱，记着，抓住每一天！”诺克斯笑笑，从长沙发上站起来，跟着他们一起回宿舍。

第二天一早，约翰·基丁坐在讲台旁的一把椅子上，神情严肃而安宁。

上课铃响过后，他说：“各位，翻到前言第二十一页。培瑞，”他指着尼尔说，“请念一下序言‘诗歌鉴赏’第一段。”

学生们把课本翻到那里，笔直地坐着，听尼尔朗读：“诗歌鉴赏，作者J.埃文·普里查德博士。‘要完全理解诗歌，我们首先必须了解它的格调、韵律和修辞手法。然后提两个问题：第一，诗歌的主题是如何艺术地呈现出来的？第二，该主题的重要性如何？第一个问题解决的是诗歌的艺术性，第二个问题回答的是它的重要性。一旦弄清这两个问题，判断该诗的优劣也就不是个太难的问题了。如果把诗歌艺术性的得分画在图表的横轴上，把它的重要性记在竖轴上，计算一下所覆盖的面积，也就得出了它的优劣。拜伦的一首十四行诗可能在竖轴上得分很高，但横向得分一般；而莎士比亚的一首十四行诗可能在横向和竖向上得分都很高，覆盖的面积很大，也就表明它是一首真正伟大的诗歌。’”

尼尔读课文的时候，基丁从座位上站起来走到黑板前，他用线条和阴影绘制出一份图表，表述莎士比亚的诗为何能胜过拜伦的。

尼尔继续读："'阅读本书的诗歌时，请练习这种评估方法。随着你用这种方法评估诗歌的能力不断提高，你对诗歌的欣赏和理解也会日益提高。'"

尼尔读完了，基丁等了一会，让大家把课文内容全部理解。然后他提起嗓子，用极其尖利的声音大声喊："啊——垃圾！废话！脓！把它从你们的课本上撕下来，快点，把整页都撕下来！我要这种胡说八道的垃圾到该属于它的垃圾堆里去！"

他抓起一只垃圾桶，很夸张地走在过道中，让每个学生把从书上撕下来的那页纸都扔到垃圾桶中。全班顿时沸腾了，笑声充斥了整个教室。

"彻底撕下来，"基丁大声喊着，"我要它完全消失！让J.埃文·普里查德博士见鬼去吧！"学生们的笑声更大了，以致吸引了正走过过道的苏格兰腔拉丁文老师——麦卡利斯特。他循着笑声来到基丁的班级，透过门缝看到学生们正在从书上往下撕纸，他急忙拉开门冲进教室。

"怎么回事……"麦卡利斯特气急败坏地喊道，但他突然看见手拿一只垃圾桶的基丁，赶紧说："对不起，我不知道你在这里，基丁先生。”他尴尬地退出教室，悄悄关上了门。

基丁大步走到教室前面，把垃圾桶放在地上，又把脚踏在里面，学生们笑得更大声了。火焰在基丁的眼睛里跳动着，他在那些纸张上面踩了一会后跳出来，一脚把垃圾桶踢开。

“这是一场战斗，孩子们。”他大喊道，“是战争！受害的可能是你们的思想和灵魂，要么你就屈从于这群学院派‘hoi polloi’的意愿，你藤蔓上的果实将会枯萎，要么你就作为一个有独创性的人而获得成功。”

“不要担心，在我的班上你们肯定会学到学校想让你们学到的东西，不过，如果我要实实在在地教你们的话，你们还将学会更多的东西。例如，你们将学会欣赏语言和文字，不管别人怎么说，文字和语言的确有改变世界的能力。刚才我用了希腊语‘hoi polloi’，谁知道这个词在英文中是什么意思？来，奥佛史区，你这个笨蛋来回答一下。”

全班大笑。“安德森，你是一个人还是一块木头？”全班又都哄笑着看着托德。托德紧张得说不出话，只是呆笨地摇着头说：“不明白。”

米克斯举起手来，回答道：“‘hoi polloi’，意思不就是‘the herd’，也就是‘人群’吗？”

“的确如此，米克斯。”基丁说，“但是，我提醒大家，当你这样说的时候，你实际上就等于是在说‘the the herd’[1]，表明你真的是一个无知的人！”

基丁咧嘴一笑，米克斯也笑了笑。基丁慢慢走向教室的后面，说道：“现在皮兹同学可能在想19世纪文学与上商学院或医学院没有关系。我们应该老老实实学习J.埃文·普里查德的格调和韵律什么的，然后再去实现我们的其他理想。”

皮兹笑着摇摇头，问：“谁？我？”

基丁用力拍击着后墙，声音就像鼓声在教室回响。全班都站起来扭头向后看。

“好，”基丁大声说，“一个人读诗是因为他是人类的一分子，而人类是充满激情的！没错，医学、法律、金融——这些都是崇高的追求，足以支撑人的一生，但诗歌、浪漫、爱、美，这些才是我们生活的意义！惠特曼曾写道：

啊自我！啊生命！这些问题总在不停出现，

毫无信仰的人群，

1 在希腊语中，“poi”本身就是定冠词。——译者注

川流不息，

城市充斥着愚昧，

身处其中有什么意义，啊自我，啊生命？

答案是：

因为你的存在——因为生命和个体存在，

因为伟大的戏剧在继续，因为你可以奉献一首诗。”

诗念完了，全班都静悄悄地坐着，感受着这首诗。基丁看看他们，又把最后一句重复了一遍：“‘因为伟大的戏剧在继续，因为你可以奉献一首诗。’”

之后，他沉默地站在教室后面，慢慢往前走，脸上因为刚才的激情而微微发红，全班人的眼睛像铆钉一样牢牢地盯着他。基丁看着大家，热切地问：“那么，你们的诗歌会是什么样的？”

大家都没说话，都在默默地思索。过了一会儿，基丁说：“大家打开书，翻到第六十页，我们来学习华兹华斯对浪漫主义的定义。”

# *Chapter 6*... 死亡诗社

在教师餐厅，麦卡利斯特从基丁旁边的餐桌下抽出一把椅子，说：“介意我坐这吗？”说着扑通一声就坐了下去，肥大的身躯占满了椅子，然后他招呼服务员上菜。

“那是我的荣幸。”基丁笑着说，看了看外面的学生餐厅。那里挤满了穿着校服吃午餐的学生们。

“你今天的课上得很有意思，基丁先生。”麦卡利斯特说，语气略带讥讽。

基丁抬眼看他一下，说：“抱歉吓了你一跳。”

“用不着道歉。”麦卡利斯特摇着头说，他的嘴里塞满了菜，“很精彩，虽然有些误导孩子们。”

基丁扬起眉毛，说：“是吗？”

麦卡利斯特点头道：“你鼓励他们成为艺术家，毫无疑问是很冒险的，约翰。等他们意识到他们不是伦勃朗、莎士比亚或者莫扎特，他们会因此恨你的。”

“不是让他们成为艺术家，乔治。我是让他们成为自由思想者。”基丁说。

“噢，十七岁的自由思想者？”麦卡利斯特笑着说。

“没想到你这么悲观。”基丁边说边小口地喝着茶。

“不是悲观，先生，”麦卡利斯特以一个过来人的口吻说道，“是现实！他们只会胡思乱想，我怎能不‘悲观’！”他慢慢咀嚼了一会儿，说，“但我会喜欢听你的课的，约翰，我确信我会。”

基丁高兴地抬起头，说：“我希望你不是唯一一个喜欢听我课的人。”

在外面的学生餐厅，尼尔快步走了进来，与同学们坐在一起。

“你们绝不会相信这个！”尼尔气喘吁吁地说，“我在图书馆找到了他的记录。”他朝基丁看了一眼，基丁正在教师餐厅那边和麦卡利斯特热烈地交谈着。尼尔打开校史年鉴念道：“‘足球队队长、校史年鉴编辑，考入剑桥大学，充满幻想，敢作敢为，性格温和，死亡诗社成员。’”

几个男孩争抢着看那本旧年鉴，“性格温和？他能把人吓死。”查理笑着说。

“‘死亡诗社’是什么意思？”诺克斯快速翻看着基丁过去在威尔顿时的老照片，问道。

“年鉴上有成员的照片吗？”米克斯问。

“没有，”尼尔翻着介绍，“没有提到。”

尼尔浏览年鉴时，查理突然用手肘轻轻推了下尼尔的腿，小声说：“诺兰校长。”诺兰校长正朝这边走过来，尼尔赶紧把年鉴从桌下传给了卡梅伦，卡梅伦又迅速把它塞给了托德，托德疑惑地看看卡梅伦，才拿起来。

“喜欢你的班级吗，培瑞？”诺兰校长站在男孩们的桌旁问尼尔。

“很喜欢，先生。”尼尔回答。

“那我们的基丁老师呢？发现他很有趣了吗，孩子们？”

“是的，先生。我们刚刚正在谈论他。”查理答道。

“很好，”诺兰校长赞许地说，“他真令我们兴奋，他可是罗氏奖学金获得者。”

男孩们笑着点点头。

诺兰说完又到其他餐桌上去了。吃完饭，托德把那本年鉴抽出来，放在膝盖上快速翻看着。

“我还要用一下年鉴。”尼尔对托德说。他们起身一起离开餐厅。

“你打算拿它做什么？”托德疑惑地问尼尔。

“没什么，就是一个小调查。”尼尔说，自得地笑笑。

下课后，尼尔、查理、米克斯、皮兹、卡梅伦还有托德他们几个一起回宿舍。他们看见基丁老师在前面走着，他穿着那件运动外套，围着围巾，正抱着满满一怀的书横穿过草坪。

“基丁老师？”尼尔在后面喊道，“老师？哦，船长！我的船长？”基丁站住了，等那群男孩子追上他。“老师，什么是死亡诗社？”尼尔问道。瞬间，基丁的脸变红了。

“我刚刚看了您的记录，”尼尔解释道，“所以……”

“没事。”基丁说，又恢复了镇定。

“可是，那到底是什么？”尼尔追问道。几个男孩眼巴巴地看着他，希望他再说点什么。

基丁环顾四周，确定没有人在看他们后，才压低声音说：“一个秘密组织。现在的校方不会认为那是个什么好组织。”男孩们都屏住呼吸，基丁又扫了一眼校园，说：“你们能保守秘密吗？”男孩们赶紧点点头。

“死亡诗人致力于吸取生命的精华，这是我们每次聚会前，都要引用的梭罗的一句话。”他继续说，“我们经常在一个老石洞里碰面，轮流朗读雪莱、梭罗、惠特曼以及我们自己写的诗。在那种痴迷的时刻，诗歌有着一种神奇的作用。”想起过去的经历，基丁眼睛里似有一团火焰在跳动。

“你是说那也就是一帮坐在一起念诗的人？”诺克斯有些疑惑地问。

基丁笑着说：“男女都可以参加，奥佛史区同学。相信我，我们不仅仅是读诗……诗从我们舌尖滑落，就像蜜糖一样。女人亢奋，情绪高涨，……神在此刻诞生。”

男孩们静静地听着，尼尔问道：“那么这个名字是什么意思？你们只读已过世诗人的诗吗？”

“任何诗我们都读，培瑞同学。名字只是针对一个事实，那就是，要加入这个组织，你就必须是一个死人。”

“什么？”男孩们一起惊叫。

“真正的会员资格要求用一生的时间来作为实习期，活着的人仅仅是把自己抵押给了它，唉，我也只是一个级别很低的预备会员。”基丁解释道。

男孩们惊异地互相看着，不知道该说什么好。“最后一次聚会已经是十五年前了。”基丁叹了口气，站起来看看四周，确信没有人在观察他们，便转身大踏步离去了。

基丁走得看不见后，尼尔兴奋地说：“我们今晚就去吧，有谁参加？”

“他说的那个石洞在哪里？”皮兹问。

“就在河那边，我知道在哪儿。”尼尔说。

“那远着呢。”皮兹有些不愿意。

“我也觉得没劲。”卡梅伦说。

“那你就别去。”查理对卡梅伦说。

“知道这会带来什么样的处分吗？”卡梅伦对查理说。

“那你就别去，行吗？”查理说。

卡梅伦耐心地说：“我只是说我们得小心，不能让人抓住。”

“哦，当然！福尔摩斯。”查理挖苦道。

“谁参加？”尼尔的问话让查理和卡梅伦的争吵停了下来。

“我参加。”查理第一个说道。

“也算我一个吧。”卡梅伦说。

尼尔看着诺克斯、皮兹，还有米克斯。皮兹犹豫着说：“那……”

“咳，来吧，皮兹。”查理怂恿道。

“他功课太紧，查理。”米克斯替皮兹辩护。

“你可以帮他嘛，米克斯。”尼尔提议道。

“这算什么呢，午夜的学习小组吗？”皮兹问道，还是有些不情愿。

尼尔说："行啦，皮兹，参加吧。"然后他扭头看米克斯，说，"米克斯，你功课也紧吗？"几个人都大笑起来。

"好吧，任何事情我都愿意尝试一次。"米克斯也答应了。

"除了女孩，对吧，米克斯，老处男？"查理哈哈大笑着说，大家都捧腹大笑，米克斯不好意思地涨红了脸。

"只要小心点我就参加。"卡梅伦又说。

"你怎么样，诺克斯？"查理继续征求意见。

"我不知道。"诺克斯说道。

"来吧，这对你追克莉丝有好处。"查理鼓励他。

"是吗？为什么？"诺克斯疑惑地问。

"你没有听到基丁老师说'女人亢奋'吗？"

"但那又是什么原因？"诺克斯仍旧不明白。

男孩们不再说什么了，开始往回走。诺克斯跟在查理的后面。

"为什么她们会亢奋，查理？告诉我，为什么她们会亢奋？"诺克斯一路追问着查理。远处的铃声传过来，招呼孩子们去吃晚餐。

晚饭过后，尼尔和托德一起到自习室学习。

“听着，”尼尔压低声音对他的室友说，“我现在邀请你来参加这个社团聚会。”尼尔已经留意到没有人问托德愿不愿意参加，“你不能期望任何人都随时会考虑到你，没有人会知道你是怎么想的，你也从来不把自己的想法告诉任何人！”

“谢谢，但问题不在这。”托德说。

“那在哪里？”尼尔问。

“我——我只是不想去。”托德结结巴巴地说。

“为什么啊？”尼尔问道，“你没听明白基丁老师说的话吗？你就不想做点什么吗？”这时一个学监从旁边走过，疑虑地看着他们俩，尼尔赶紧翻了一页书。

等那个学监走远后，托德才低声说：“想，可是……”

“可是什么，托德？告诉我。”尼尔低声说。

托德低着头，说：“我不想读。”

“什么？”尼尔不相信似地看着他。

“基丁老师说每个人要轮流读诗，我不想读。”托德说。

“天哪，你真的有问题，不会吧？”尼尔摇着头说，“读一下诗能把你怎么着啊？我的意思是说，那不就是加入这个诗社的目的吗？表达你自己？”

“尼尔，我没法解释。我就是不想读。”托德红着脸说。

尼尔一边看着托德一边懊恼地翻着书，然后他想到什么似的，说：“如果你不用读呢？如果你只需要听呢？”

“但那不是正常做法，”托德说，“如果我参加了，他们肯定要我读的。”

“我知道，但是如果他们说你不用读呢？”

“你的意思是你要问问他们？”托德脸红了，小声说，“那多难为情。”

“那有什么！在这里等着。”尼尔说完，从座位上跳起来走出了自习室。

“尼尔。”托德在后面低声喊他。那位学监转回身，不满地看着托德。

托德颓然坐在椅子上，打开历史课本，开始作笔记。

## *Chapter 7*… 第一次聚会

在晚上就寝时间之前，走廊上，穿着睡衣裤的男孩子们一只胳膊底下夹着本书，另一只底下夹个枕头，不停地走动着。尼尔和查理、诺克斯几个人低声地商谈着。尼尔从肩膀上扯下毛巾，在诺克斯的后背轻轻拍了一下，然后朝自己的宿舍走去。回到宿舍，他把毛巾扔到一边，发现桌上有件东西。

他迟疑了片刻，拿起它——一本有些破旧的诗集。他打开诗集，在封面的内侧有手写的“J．基丁”字样。他读出签名底下的题词“死亡诗社”。尼尔捧着诗集躺在床上，翻看起薄薄的发黄的纸张。

看了大约一个小时后，他听见走廊上的响声平息了下来，宿舍的门都砰砰地关上，灯也逐渐熄掉了。“哈格博士那里还亮着灯，他还没睡。”尼尔想着。他听见哈格博士拖着脚在走廊内来来回回地走，以确定是否所有学生都已安睡，走到尼尔他们房间时他似乎停下了脚步。

“太安静，太安静了。”哈格博士侧耳听了一会儿自言自语道，摇摇头回去了。

几个小时后，男孩们在确定了其他人都已经熟睡的情况下，悄悄地在校园里那棵扭曲着的老枫树底下碰面了。他们都穿着冬衣，戴着帽子和手套，有几个人还拿了手电筒用来照路。“汪汪汪！”突然一阵狗吠声响起，校园里矮树丛外的那条看门狗发现了他们，朝他们大叫着，几个男孩被吓了一跳。

“好狗。”皮兹边说边掏出一些饼干塞进了狗的嘴里，又撒了一些在地上，狗便不再理他们了。“咱们走。”皮兹小声地说。

“想得真周到，皮兹。”尼尔低声对他说。男孩们朝校外跑去。夜，晴朗而寒冷，漫天的星星在清冷的夜空中眨着眼睛。

他们穿过了空旷的冷风肆虐的操场，出了校园后又钻过一片阴森的松树林，寻找着那个洞穴。“真冷。”托德哆嗦着说。查理跑在最前面，其他人跟在他的后面，在寒风中抖抖索索地艰难行进着。

“我们应该快到了。”诺克斯说。他们到了一处河流的岸边，那个石洞就在这些树和灌木丛的附近。

“啊！我是一个死去的诗人！”查理大叫着，不知道从什么地方一下子蹦出来，他已经发现了那个石洞。

“啊！”米克斯被他吓得尖叫了一声。“去你的，道尔顿。”米克斯喊道，恢复镇静。

“各位，就是这儿，我们到家了。”查理笑着说。

男孩们涌进了黑暗的洞穴内，收集起树枝和木头来，打算燃一堆篝火。不多一会儿，火便点起来了，荒凉的洞内有了些许暖意和生气。男孩们安静地站着，仿佛此刻他们正站在圣地。

尼尔表情庄严地说：“我特此重新召集死亡诗社威尔顿分部，会议将由我以及在座的各位新会员主持。托德·安德森，因为他不愿意读诗，将担任会议记录。”尼尔的话让托德有些尴尬，他不高兴但又没法为自己辩解。

“现在我将朗诵诗社会员亨利·大卫·梭罗所作的开幕词。”尼尔翻开那本基丁留给他的诗集，“‘我步入丛林，因为我希望生活得有意义，我希望活得深刻，吸取生命中所有精华。’”

“我赞同！”查理喊道。

“‘把非生命的一切都击溃，以免当我生命终结时，发现自己从来没有活过。’”尼尔念完了，大家陷入一阵长久的沉默。

“奥佛史区接着来。”尼尔说道。

诺克斯站起来，尼尔把书递给他。诺克斯翻到一页，开始念：“‘一个人若能自信地向他梦想的方向前行，他就会在平凡的时刻获得他意料不到的巨大成功。’太对了！”诺克斯赞叹地说，眼睛在黑暗中灼灼地放着光芒，“我要得到克莉丝。”他说。

查理从诺克斯手里拿过书，对诺克斯做了个鬼脸，说：“来吧，小伙子。这是很严肃的。”然后清了清喉咙，开始念：

世间有美丽少女的爱，
有忠诚之人的忠贞之爱，
有婴儿那无所畏惧的爱，
自天地初开之时，这些爱就已经存在，
但是最美妙的爱，
甚至比母爱还要伟大，
是那无穷尽的，最温柔的，最强烈的，
一个人为了另一个人烂醉的爱。

“作者是无名氏。”查理念完后笑了笑，把书递给了皮兹。

“‘这里躺着我的妻子：她安静地躺着，已经安歇……我也一样！’约翰·德莱顿，1631—1700，我从来没想到这些人这么幽默！”皮兹咯咯地笑着说。

大家也笑起来，皮兹把书递给了托德。托德手里捧着书，僵住了，尼尔趁着其他人还没注意，飞快地把书拿了过去。

查理又从尼尔手里抓过了书念起来：

教我恋爱？先教教你自己，
恋爱之术属我第一，
恋爱之神，如果有这种东西，
也得先向我学习。

男孩们大笑查理所谓的非凡才能。“各位，我们必须要严肃些啊。”尼尔说。

卡梅伦拿起了书，说：“很严肃的。”然后开始念：

我们是音乐的谱写人，
我们是做梦的梦想家，

徘徊在孤独的海浪边，
静坐在荒凉的小河旁；
世界上失意的人和被遗弃的人，
惨淡的月光照在身上，
但我们是世界的推动者和引导者，
永远都是。
唱着永不过时的优美小调，
我们建造起世界上伟大的城市，
我们创作出难以置信的文学，
我们编织出一个帝国的荣耀。
一个有梦想的人，是快乐的，
他将出发去征服别的王权；
用一首新歌来为他欢呼，
愿他能凯旋。
在我们身处的今天，
在已被埋葬的过去，
我们用悲鸣建造起尼尼微城，
用欢笑建立起通天塔。

“太好了。”几个人不约而同地说。

“嘘！”卡梅伦示意他们安静，然后继续念：

预言中我们得知，
旧观念将被推翻；
每一年既是一个快要破灭的梦
也是一个将要来临的新生。

卡梅伦突然停了下来，说：“本诗作者阿瑟·奥肖内西，1844年—1881年。”

卡梅伦念完后，男孩们半天都没做声。米克斯拿过诗集，翻了翻，说：“嘿，这首不错。”接着开始庄重地朗诵：

黑夜覆盖着我，
黑暗如同无边无际的深渊，
但不管是什么神祇我都要感谢，
为我那拒绝屈服的灵魂。

“诗人威廉·埃内斯特·亨利，1849年—1903年。”

“拜托，米克斯，就你？”皮兹嘲弄着说。

“怎么了？”米克斯问，做出惊讶和无辜的表情。

诺克斯拿过诗集翻看着，突然他大声呻吟一声，开始念：“‘让我怎么爱你？让我想想办法。我爱你，至死不渝……’”好像克莉丝就在他的对面站着似的。

查理一把抓过书，说：“冷得让人起鸡皮疙瘩了，诺克斯。”

几个人都大笑。尼尔拿过书，自己默读了一分钟。火堆渐渐暗淡下去，男孩子们围在炉火旁。

“嘘。”尼尔示意大家安静，开始念：

来吧我的朋友，
寻找更新的世界尚为时不晚……
我决心已定
要驶过夕阳尽头……
尽管我们不再有昔日的伟力，可以震天撼地，
我们仍有着同样的英雄的心。
时光和命运使它衰弱，
但坚强意志犹在，
让我们去奋斗，去探索，去发现，永不屈服。

“摘自坦尼森写的《尤利塞斯》。”他这样结束。坦尼

森关于意志的描述震撼着在场的男孩子们，令他们对诗人肃然起敬。

皮兹接过诗集，他念的是一首很有节奏感的诗:

黑色雄鹿酒窖中，
爵士乐之王，摇晃晃的腿，
扫帚柄当鼓槌，
猛烈地敲。
嘭，嘭，嘭，
破旧的鼓在震颤，
一手拿雨伞，
一手拿扫帚，
嘭哩，嘭哩，嘭哩，嘭，
然后我有了信仰，然后我有了一种想象。
我被他们对嘲笑的沉迷感染，
然后我看见刚果河，从黑土地蜿蜒缓流过，
在森林中划下一道金色的足迹……

皮兹继续念诗，诗歌的节奏深深吸引住了男孩们。他们随着节奏在皮兹周围跳起了舞，动作滑稽夸张，边跳边叫喊着。慢慢地他们的姿势开始变得疯狂，也更滑稽，他们用手掌拍击自己的腿和头部，乱七八糟地喊着。皮兹仍旧大声朗读着，查理领着大家跳舞，喊叫的声音不断从洞中传出来，打破夜的宁静。

他们疯狂地跳着舞，在高大的林木和吼叫的狂风中肆意发泄着青春。

篝火熄灭了，树林里变得漆黑一片。他们停了下来，身体因寒冷和激动而不住地颤抖。今夜他们终于把自己彻底放飞。

“我们回去吧，你们知道，明早我们还要上课。”查理说。

一行人迂回穿过树林，于午夜时分回到了威尔顿中学。走进校园时，皮兹说：“又回到现实中了。” 尼尔听了哀叹一声。

他们飞快地跑到宿舍楼前，滑出让后门保持打开的小树枝，各自蹑手蹑脚地溜回自己的宿舍。

第二天，几个昨天晚上出去狂欢的人哈欠连天地坐在基丁老师的教室里，显得很疲惫。而基丁则精神抖擞地在教室前面走来走去。

“不说一个人‘很累’，而说他‘精疲力竭’。不用

‘不开心’，而用……”基丁先生说到这里打了个响指，指着一位学生。

“忧郁？”

“很好！”基丁满意地笑着说，“语言的发展只有一个目的，孩子们——”他又打了个响指，指着尼尔。

“沟通？”

“不，用来求爱。求爱时懒惰地用词可不行，同样，写散文时用词懒惰也不行。”

全班大笑起来。基丁合上书，走到教室前面，把挡着黑板的一张地图升起来，现出黑板上面的一段语录，基丁大声朗读道：

将教条与理论暂且抛开，我允许随便发表意见，顺乎自然，保持原始活力……

“又是惠特曼的诗！”基丁说道，“啊，但是无视那些教条理论又谈何容易，我们被我们的父母、传统和时代所约束，要想像沃尔特那样，让我们自己真正的天性说话，我们该怎么做？我们怎样才能去除掉自己身上的偏见、陈规和影响？答案是——我亲爱的小伙子们，就是要不断地去寻找新的视点。”说到这里，基丁一跃跳上了他的桌子，问大家：“我为什么要站在这里，谁能回答？”

“为了感觉更高一些？”查理说。

“不，我站到讲台上是想提醒我自己，我们必须时刻用不同的眼光来看待事物。从上面看世界完全不同。如果不相信，站到这儿来试试。全部来，轮流看看。”

基丁跳了下来。全班所有学生，除了托德·安德森外，都走到教室前面，他们轮流站到基丁老师的桌子上。基丁老师在过道里走来走去，充满期待地看着他们。

学生们又回到座位上后，基丁说：“一旦你觉得自己懂得了什么，就必须换一种角度来看，这可能显得很荒唐或是愚蠢，但必须试一下。同样，读书的时候，不要只想作者怎么看，想想你自己怎么看。

“你们必须努力寻找自己的声音，因为你们越迟开始寻找，找到的可能性就越小。梭罗说过：‘大多数人都生活在平静的绝望中。’别陷入这种境地。要勇于开拓新的天地。现在……”基丁说着走到教室门边，把电灯劈劈啪啪不停地打开关上打开关上，同时嘴里模拟着雷声隆隆的声音，然后对全班说：“好了，除了写作文以外，我希望你们每人写一首诗——自己的诗——要当着全班的面朗读。星期一再见。”

说完，基丁走出了教室。下课了，但大家没有喧闹，他们都被这位古怪的老师给难住了。忽然，基丁又把头从教室外探进来，顽童似的咧嘴笑着：“别以为我不知道，这作业把你魂都吓丢了。安德森，胆小鬼。”说着他伸出手似乎要发送给安德森一束闪电似的，全班顿时哄堂大笑。安德森挤出一丝尴尬的笑。

星期五，学校下课早，学生们很高兴能有一个下午的休息时间。

“我们去钟楼安装一根矿石收音机天线吧。”在回宿舍的路上，皮兹对米克斯说，“自由美国电台！”

“行。”米克斯也很想放松放松。前面一群学生正在热切等待着邮件到来，草地上几个男孩在玩着长曲棍球。远处的湖面上，威尔顿赛艇队员正在训练，诺兰校长在大声指挥着。

诺克斯把书放到自行车的篓子里，平稳而快速地绕着校园骑着。在骑到学校大门口附近时，他回头观察，看到没有别人注意自己，便猛踩脚踏板，飞快地骑出了学校大门，掠过田野，进入到威尔顿村庄。

深深地呼吸一口气后，诺克斯四处看了看有没有威尔顿中学的人，便朝着里奇伟中学的方向飞速骑去。到了里奇伟中学，诺克斯在一处篱笆前面停了下来。他看到校园门口停靠着三辆校车，好多学生正在上车。穿着统一制服的乐队在第一辆车上面蹦跳着练习鼓乐；体格健硕的足球队员们则推推搡搡地走上第二辆车；登上第三辆车的是一队边咯咯笑着边唱歌的拉拉队队员，克莉丝·诺埃尔就在其中。

诺克斯站在篱笆外看着她，只见她催促着正拿着球衣走过来的切特，还在切特的唇上亲了一下，切特把她拉向怀里，她笑着，然后跑到拉拉队那辆车前登了上去。

诺克斯感到一阵沮丧，他跨上自行车，开始慢慢地往回蹬。自从那次在丹伯利家吃完晚饭后，他就一直幻想着能够再次见到克莉丝·诺埃尔，但绝不是像今天这样的场景——克莉丝和切特·丹伯利激情相拥。诺克斯不知道，他究竟能否想出让克莉丝为他神魂颠倒的语言。

下午的晚些时候，托德坐在自己的床上，在一本便笺簿上写东西，写着写着突然划掉，撕下来扔到垃圾桶里，然后再开始写，再划再撕，如此往复。最后他停下笔，沮丧地用双手盖住脸。这时，尼尔飞一般地冲进了屋。

尼尔把手里的书扔到桌子上，他的脸兴奋得发红，“我找到了！”他大喊着。

“找到什么了？”托德问。

“我想干什么，就现在。我真正的梦想。”说着他递给托德一张纸。

“仲夏夜之梦？这是什么？”托德不解地问。

“一出戏，笨蛋。”

“我知道，但是这跟你有什么关系？”托德问道。

“他们要在亨利·霍尔中学上演这出戏，公开选拔演员。”

“那又怎么了？”托德说。

“我要去扮演！”尼尔喊着，一下子跳到他自己的床上，高声说：“一直以来我就想演戏，去年夏天我还想去参加暑期剧团试演，当然我爸没让。”

“现在他就允许了？”托德扬起眉毛问。

“见鬼，他现在也不同意，但这不是重点，重点是：平生第一次我知道自己到底想做什么，也是第一次我决心要做成，不管我爸同不同意！抓住每一天，托德！”

尼尔一把拿过剧本，大声念着台词。他脸上放着光，拳头紧握，在空中兴奋地挥舞着。

“尼尔，如果你爸不让，你怎么去演戏呢？”托德问他。

“首先我要争取得到角色，然后再想这个问题。”

“但如果他发现，你都没跟他说一声就去参加试演，他还不杀了你？”

“照我看来，根本用不着让他知道这件事。”尼尔说。

“得了吧，你知道这是不可能的。”托德说。

“不！没什么不可能。”尼尔说，咧着嘴。

“干吗不先去问问他呢？也许他会同意？”托德建议。

“简直是笑话。”尼尔吃吃地笑着说，“但如果不问他，至少还说不上违抗他的意愿。”

“是，但如果他以前就不同意，你又……”托德又开始了。

“你到底站在哪一边？我现在连角色都还没弄到，我就不能先在脑子里过过瘾？”尼尔打断托德的话。

“对不起。”托德说，低下头继续做他的作业。尼尔坐到床上开始读剧本。

“顺便问一下，今天下午诗社聚会，你来吗？”尼尔问。

“我不知道，也许。”托德皱着眉头说。

尼尔放下手中的剧本，看着他这位室友，疑惑地问道：“基丁老师的话对你狗屁不算，是吗？”

“你这话是什么意思？”托德为自己辩解道。

“加入诗社就意味着要激情四溢，而你看上去像一潭死水。”

“你要我退出？是那个意思吗？”托德情绪有些激动。

“不，我要你参与。但参与意味着你要做点事情，不是光嘴上说。”尼尔不愠不怒地说。

托德愤怒地转过头：“听我说，尼尔，谢谢你的关心，但是，我和你不一样。”他顿了顿，继续说道，“你说话有人听，他们听从你。我不一样！”

“为什么不？你觉得你做不到？”尼尔步步紧逼。

“是，我做不到！”托德大声喊道，“哦，我不知道，也许我永远都不会知道。但问题不在这儿，问题是这是没有办法的事，所以你就别管我了，好不好？我能照顾自己，好吗？”

“嗯，不……”尼尔说。

“不？你是什么意思？”托德惊讶地问。

尼尔淡淡地耸一耸肩，说：“不，我不多管闲事。”

他打开剧本又开始念台词。托德坐在那里盯着他，过了一会，托德自己败了下来，对他说：“好吧，我去。”

“很好。”尼尔微笑着说，继续读他的剧本。

# *Chapter 8* … 处处有诗意

死亡诗社的会员们赶在下午的足球训练之前来到了石洞。查理、诺克斯、米克斯、尼尔、卡梅伦和皮兹，他们在石洞里转来转去，研究着每一处角落和裂缝，在墙上刻上自己的名字。托德虽然来迟了一点，但他们最终还是全聚齐了。尼尔站在中间，主持聚会。

“‘我步入丛林，因为我希望活得有意义，我希望活得深刻，吸取生命中所有精华。’”

“老天，”诺克斯哀叹一声，“我要吸取克莉丝所有的精华！我是那么爱她，我觉得我要死了！”

“你知道死去的诗人们会对你说什么吗，‘玫瑰堪摘直须摘……’”卡梅伦大笑着说。

“但是她却爱上了我父亲最好的朋友的傻儿子！死去的诗人们对此又会怎么说？”诺克斯绝望地走到另外一边。

尼尔突然站起来，神情凝重地说：“我决定了，我要去参加这次选拔。大家祝福我吧。”说完，他转身走出了山洞。

“祝你好运。”米克斯，皮兹和卡梅伦异口同声地说。托德默默地看着尼尔离去。

尼尔走了，查理看着他的背影悲哀地说：“我觉得我好像从来都没有活过似的，这么多年来，我从来都没有冒过一点儿险，对于我是什么样的人，我想要做什么，我从来都没有仔细想过。尼尔知道他想要演戏，诺克斯知道他想要克莉丝。”

“想要克莉丝？是必须要克莉丝！”诺克斯大声哀叹。

“米克斯，你是这里的军师，你说说，死去的诗人们会对我这样的人说些什么？”查理问。

“富于浪漫气息的人是最有激情的实验者，查理。他们在安顿下来之前会尝试许多事情。”米克斯富有哲理地说。

卡梅伦做了个鬼脸：“在威尔顿没有太多的空间让你去做实验者，米克斯。”

大家都在思索着卡梅伦的话。查理来回走着，突然，他站住了，脸上亮了起来，他对大家说：“我特此宣布，这个山洞为查理·道尔顿激情实验山洞，以后，任何人想要进入山洞，都要事先经过我的同意。”

“等等，查理，这个山洞应该属于整个诗社。”皮兹反对。

“按说应该是，但它是我先找到的，现在它归我了。伙计们，要抓住山洞。”查理咧嘴笑着。

“这是你在这里做的唯一一件正确的事。”当其他人互相看着对方无奈地摇头时，米克斯却对查理表示赞赏。男孩们占有了这个山洞，在这里他们找到了一个远离威尔顿，远离父母，远离老师，远离朋友的地方——在这里他们可以是他们以前从来都不曾梦想过的人。死亡诗社存活了下来，不断兴旺壮大。抓住每一天。

男孩们不情愿地离开了山洞，他们回来时正好赶上足球课。“看看，是谁给我们当足球教练。”皮兹说话间，大家看到基丁老师朝操场这边走来，他一只胳膊提个网兜，里面有好些足球，另一只胳膊下夹个小箱子。

“好，同学们，谁有花名册？”基丁问道。

“我有，老师。”一个高年级学生答道，把花名册递给基丁。

基丁接过列了三页的花名册，看了看说：“到的同学请回答‘到’。查普曼。”

“到。”

“培瑞？”没有人应声。

“尼尔·培瑞？”

“他去看牙医了，老师。”查理说。

“嗯，沃森？”基丁接着点名。又没有人应答。

“理查德·沃森也不在，嗯？”

“沃森病了，老师。”有人喊道。

“哦，真是病了。我想我应该给沃森记过。但是如果我给沃森记过，那我也就得给培瑞记过……可是我喜欢培瑞这家伙。”说完他把花名册卷起来扔到一边，学生们都惊讶地看着他。基丁说：“同学们，如果你们不想来的话也没必要一定得待在这里，想踢足球的就跟我来。”

基丁提着装球的网兜和手上的小箱子朝操场中央走去。学生们对他奇怪的言行都很惊讶，多数人跟在他身后，一边走一边兴奋地议论着。

“坐下，孩子们。”基丁走到操场中央说，“爱好运动的人可能会觉得某一种运动就是比另一种强，对我来说，运动只是一种让其他人把我们推向极致的机会。柏拉图，一个像我一样的天才，曾经说过：‘唯有竞争才能让我成为一个诗人，一个博学者，一个演讲家。’每个人都到这儿拿张纸条，然后排成一排。”

基丁把纸条分发给了好奇的学生们，然后跑到队列最前面，在第一个男孩脚边往前十步远的地方放上一颗足球。基丁下了一串指令，托德·安德森冷漠地站在一旁。

“你们知道该怎么做了……现在开始！”基丁喊着。第一个男生放开脚步朝足球跑过去，一边跑一边大声朗读着手里纸条上的诗文：“‘与逆境不屈抗争，无所畏惧地面对敌人。’”然后飞起一脚把足球踢向球门，可惜未能命中。这时，乔治·麦卡利斯特路过足球场，他停了下来，饶有兴趣地看着基丁他们。

“很好，约翰逊，努力了就行了。”基丁说，又放下第二颗球，同时打开了那个他刚才拿在手里的小纸箱，从里面取出一个便携式录音机。第二名学生是诺克斯，他正等着轮到他。基丁选了一首古典音乐，调大音量，高声地播放起来。“韵律，孩子们！韵律非常重要。”基丁以盖过音乐的嗓门大声地喊，“跑，诺克斯！”

诺克斯高喊道：“‘只身面对他们，看一个人能承受多少！’”然后冲过去，在他踢向足球的刹那，又大喊一声，“切特！”

轮到米克斯了。“‘直面冲突、拷问、监禁和公众的憎恶！’”他大声喊着，把球踢出去。球不偏不倚，正中球门。

下一个是查理。“‘做一个真正的上帝！’”查理也大喊着把球踢出去。球带着他的力量和决心飞进了球门。

麦卡利斯特摇摇头，笑了一下，走开了。

学生们就这样读着诗，踢着球，直到天色暗了下来。“我们下次继续吧，同学们。干得不错。”基丁说。

托德·安德森长吁了一口气，往宿舍楼方向慢慢走去。突然听到基丁在后面喊：“不要着急，安德森同学，会轮到你的。”托德感觉心情糟糕极了，他跑回宿舍楼，把楼门在身后猛地掼上，冲进自己的宿舍，一头倒在床上。

“该死的。”他咒骂了一声，转头看见依然躺在床上的作业本，上面潦草书写着只完成了一半的诗文。他拿起一支铅笔，想继续完成这首诗，但怎么也想不出什么句子来，他在屋子里烦躁地走来走去。过了一会儿，他重新拿起一支铅笔，看能否想出一些词来。

“我成功了！”楼道里突然传来了尼尔的叫喊声，“嘿，各位，我得到角色了！我要演帕克了。”说话间他已推开门冲到宿舍来，看见托德坐在床上，便说：“嘿，我是帕克！”

“你这个小精灵![1] 安静。”一个声音从楼道里传来。

查理和其他几个同学慢悠悠地走进房间来，“很好，尼尔！恭喜恭喜！”他们向尼尔祝贺。

“谢谢，伙计们。现在你们忙你们的去，我还有事情做。”把众人轰走后，尼尔从自己床下拉出一台旧打字机。

“尼尔，你打算怎么办？”托德问他。

“嘘！这正是我现在关心的事，他们需要一份批准书。”

“你自己给自己写的批准书？”托德问。

“应该是我父亲和诺兰校长写的。”尼尔咧嘴一笑。

“尼尔，你不是要……”托德又要开始劝说。

“安静，我必须要好好想一想。”尼尔打断了托德，看着剧本，嘴里咕哝了几句，然后咯咯笑着，开始打字。托德满腹疑惑地摇摇头，也不再理他，努力集中精神想自己的诗文。

星期一，基丁老师的课上，诺克斯·奥佛史区第一个当众朗诵自己的诗。

我在她的微笑中看到了甜蜜

1 在莎士比亚这出剧中，帕克的角色就是小精灵。——译者注。

她的眼睛闪烁着光芒

生命已然完满；我亦不再奢求

只要知道她——

诺克斯读到这里停下了，他垂下拿着稿纸的手，说："对不起，基丁老师，这诗很傻。"然后走回到自己座位上。

"很好，诺克斯，不错。"基丁对全班说，"诺克斯的诗触及了一个重要的主题，不仅是诗歌的重大主题，也是生活的。那就是，体味生命中重要的东西——爱、美、真理、正义。"

基丁在教室前面踱着步，说："不要把诗局限在词语当中，诗可以存在于音乐中、照片中、烹调美食中——任何地方都存在诗意。它可以存在于大多数日常生活中，但它绝对绝对不能是平庸的。当然，你可以描写天空晴朗或少女的笑容，但是当你在写的时候，就一定要让你的诗文能够像魔法般地召唤起救赎日、世界末日、或者任何日。我不关心具体什么日，只要诗能给予我们启发，能让我们激动，而且——如果还能有激励的意义——它就有一点点流芳百世的味道了。"

"哦，船长！我的船长，在数学里有诗吗？"查理问道。一些学生偷偷地笑。

“有，查理，数学中有……雅致。当然，如果每一个人都写诗，哦天哪，那地球上的人将会饿死的。但是，生活中又必须有诗，而且我们还必须要不时地驻足，去关注哪怕是日常生活中最简单的事情中蕴藏着的诗意，否则，我们就会浪费太多生命所赋予我们的东西。现在，谁想要接着朗诵？来吧，每个人都要朗诵的。”

基丁四下看着，没有人主动站起来。他朝托德走去，边走边笑着说：“看看安德森同学，正处在巨大的痛苦中，来，站起来，小伙子，让我们结束你的痛苦吧。”

全班同学都在看着托德。托德紧张地站起来，慢慢往教室前面挪去，他的表情活脱脱就像是一个正在去往行刑路上的死刑犯。

“托德，你写好你的诗了吗？”基丁问。

托德摇摇头。

“安德森认为自己内心的想法全都没有价值，都让人笑话，是这样吗，托德？这是你最担心的？”

托德胡乱地点着头。

“那么今天我们来看看你内心的东西所拥有的价值到底有多大。”基丁说完大步走到黑板前，飞速地写下一句话：

站在世界的屋脊上，我喊出我野性的咆哮。

——沃尔特·惠特曼

他转身看着全班，说：“有些同学可能不知道，咆哮是一种大声的叫喊。托德，你给我们演示一下什么是野性的咆哮。”

“咆哮？”托德的声音低得像蚊子叫。

“对，野性的咆哮。”

基丁顿了顿，然后快步朝托德走过去，大声对他喊：“天哪，孩子，喊呀！”

“啊！”托德颤抖地喊。

“再来！大声点！”基丁喊道。

“啊！”

“再大声点！”

“啊——！”

“好！太好了！安德森。总算有点野性的味道了。”基丁鼓着掌，全班也跟着一起鼓掌。托德满脸通红，稍稍放松了一些。

“托德，门上有幅惠特曼的画像，他让你想到了谁？快点，安德森，不要细想。”

“一个疯子。”托德说。

“一个疯子，什么样的疯子？不要想！只管回答！”

“一个……疯狂的疯子！”

“发挥你的想象力，说出蹦到你脑海里的第一句话，哪怕荒唐透顶。”基丁催促道。

“一个……牙齿流汗的疯子。”

“现在，有一个诗人要吟诗了。”基丁继续鼓励托德，“闭上眼睛，说你看到了什么。快！”。

“我……我闭上我的眼睛。他的形象在我身边晃。”托德努力想着合适的词语。

“一个牙齿流汗的疯子。”基丁提示道。

“一个牙齿流汗的疯子……”

“继续！”基丁喊。

“瞪得我心怦怦直跳。”托德说。

“非常好！让他动起来，让他做点什么！”

“他伸出手来掐住了我……”

“然后……”基丁催促托德继续。

“他一直在念叨……”

“念叨什么？”

“真理……真理就像一床总让你双脚冰凉的毯子！”托德喊叫道。

几名学生发出轻轻的笑声，托德一下由焦急变得愠怒。

“别管他们！继续说那条毯子。”基丁鼓励着托德。

托德睁开眼，以一种蔑视全班的语调大声说：“你怎么扯，怎么拽，它永远都不能盖住我们任何人。”

“继续！”

“踢也好，打也好，它总盖不住我们……”

“不要停！”基丁喊。

“从我们哭着降生，到我们奄奄一息，任你悲叹，哭泣，尖叫，它只能盖住你的脸。”托德大声说着，但已渐渐地失去了劲头。

托德静静地站在那儿。基丁走到他身边，说：“这就是魔力，安德森，不要忘了这一点。”

尼尔高兴地为他鼓掌，全班也跟着鼓起掌来，对托德表示赞许。托德深吸一口气，微微笑了下，笑容中头一次有了自信。

“谢谢你，老师。”他对基丁说，然后坐到座位上。

下课后，尼尔晃着托德的脑袋，笑着对他说：“我就知道你能做到。真棒！今天下午山洞见。”

“谢谢，尼尔。到时候见。”托德不好意思地笑着说。

下午晚些时候，尼尔提着一个旧台灯匆匆地穿行在森林中，朝着石洞的方向而去。

“对不起，我来晚了。”进了山洞后他喘着粗气对大家说。此时，死亡诗社的其他几个会员正围着查理坐在地上，查理盘着腿坐在他们面前，眼睛闭着，手里拿着一只旧萨克斯管。

“瞧瞧这个。”尼尔对大家晃了晃手上的东西。

“这什么呀？”米克斯问。

“嘿，那是台灯啊，米克斯。”皮兹不以为然地说。

尼尔取下早已破旧的灯罩，露出了里面的烛台，是一个上了漆的雕塑。“这是山洞之神。”尼尔笑着对大家说。

“嗒-嗒，皮兹。”米克斯看到并不是盏普通台灯后，回击皮兹。

尼尔把雕塑放在地上。这个雕塑的头顶突出来一根柱子，尼尔在这根柱子上放置了一根蜡烛，把蜡烛点燃后，火光照亮了这个红蓝相间的雕塑，是一个敲鼓的小男孩。因为长年累月的使用，他的脸有些磨损，但依然显得气宇轩昂。托德成功地当众作诗以后，心情明显宽慰了好多，他开玩笑地把这个台灯拿起来顶在自己的头上。

查理大声清清喉咙，说：“各位，现在由查理 · 道尔顿为大家演奏‘音乐诗’。”

说完，查理拿起萨克斯，吹出一串杂乱刺耳的音符，然后突然停下，做出神情恍惚的表情，说：“欢笑、哭泣、翻滚、呓语，要做更多，必须更多……”

接着又是乱吹一通，这回音调更杂乱。像前一次一样，他突然停下，用更快的语速说：“混乱叫喊，混乱梦想，哭喊，飞翔，要做更多，必须更多……”

大家静静地看着他，查理正式吹奏起来。这是一首旋律简单却非常优美的曲子。男孩们脸上起初那种不相信的表情消失了，都惊诧查理竟然有这么一手，他们渐渐陶醉在美妙的旋律中，最后连查理本人也沉醉了。查理以一个萦绕于心的长音结束了这首曲目。

“查理，真棒。你从哪学来的？”尼尔问。

“我父母强迫我吹单簧管，但我一点都不喜欢它。”查理从音乐中回到了现实，“萨克斯管更好听一些。”他模仿着英国腔说道。

突然，诺克斯站起来，痛苦地大声喊道：“天哪，我再也受不了了，要是得不到克莉丝，我会自杀！”

“诺克斯，冷静点。”查理劝道。

“不，我到目前为止的人生一直都在冷静！我得有所改变才行，不然我会憋死的！”

诺克斯说完朝洞外走去，尼尔见状喊道：“你要去哪？”

“去给她打电话！”诺克斯说完，身影便没入了树林中。

这次诗社聚会就这样意外地结束了，男孩们只好跟着诺克斯返回了学校。诺克斯不可能会因为相思去死，但是如果他给克莉丝打电话，他肯定会尴尬得要命，所以朋友们觉得他们有义务支持自己的伙伴。

“我必须打电话。”诺克斯说着，拿起了宿舍楼内的电话，几个男孩呈保卫状地围着他。诺克斯大着胆子拨通了克莉丝家的电话。

“你好？”电话那头克莉丝的声音清晰地传来，诺克斯顿时恐慌起来，他马上挂断了电话。

“她会恨我的！丹伯利全家都会恨我的，我父母会杀了我的！”他说，四下看着众人，努力地想从他们的脸上读到附和他的信息，但是没有一个人说话。“好吧，天哪，去他的吧！抓住每一天，死又能怎么样？”

他壮起胆子重新拿起话筒开始拨。“你好。”诺克斯再一次听到了克莉丝的声音。

“你好，克莉丝，我是诺克斯·奥佛史区。”他声音颤抖着说。

“诺克斯……啊，诺克斯。很高兴你打电话来。”

“是吗？”诺克斯盖住话筒，兴奋地对旁边的朋友们说：“她很高兴我打电话给她！”

“我也想给你打电话来着，但是我没有你的号码。切特的父母这个周末要出城，切特想举办个晚会，你能过来吗？”克莉丝问他。

“好，当然了！”诺克斯面露喜色。

“切特的父母不知道这件事，所以你最好能保守秘密，但是如果你愿意，你可以带别人一起来参加。”

“我会去的！丹伯利家，星期五晚上。谢谢你，克莉丝。”诺克斯兴奋地对着话筒喊。

他挂上电话，情不自禁发出一声尖叫，说：“你们相信吗？她本来就要给我打电话！她还邀请我陪她参加晚会！”

“在切特·丹伯利的家里？”查理沉闷地问。

“是的。”

“合适吗？”查理又问。

“那又怎样？”诺克斯说。

“你不会真以为她是叫你陪她吧？”

“哦，不，见鬼，查理，但关键不在那儿，那根本不是关键。”

“关键在哪儿？”查理追问道。

“关键是她一直想着我！”

“唉。”查理摇摇头。

“我只见过她一次，而她真的在想着我。我感觉到了，她会是我的！”诺克斯高兴得欢呼雀跃。

他从电话亭飕地飞奔出去，脚几乎都不沾地就上了楼。朋友们看他这样，都个个大眼瞪小眼，摇头叹息着。

“谁知道呢？”查理说。

“我只希望他不要受到伤害。”尼尔说。

# Chapter 9… 走出自己的步伐

尼尔骑着自行车飞快地穿过城区，去往亨利·霍尔中学，他今天要到那里去排练。他沿着安静的佛蒙特公路，一路经过市政厅，商店，最后到达白色砖墙建筑的亨利·霍尔中学。进了校内，尼尔把车停在教学楼前面的自行车搁架里，转身快步往礼堂走去。他一进门，导演便喊他:

“快点，尼尔。没有你这个小精灵我们排不了这场戏。”

尼尔笑着，一个箭步冲上舞台中央，从道具管理员那里拿过一根顶端刻有小丑脑袋的手杖，开始说台词:

两男加两女，四个无错误；
三人已在此，一人在何处?
哈哈她来了，满脸愁云罩:
爱神真不好，惯惹人烦恼!

“帕克”看着地上，那里躺着由金妮 · 丹伯利扮演的剧中主人公“赫米娅”，她已经疯了，在地上慢慢地爬着，眼神绝望，筋疲力尽。

金妮正要开始说台词，导演喊了停。导演是一名四十岁左右，肤色白皙、金发碧眼的女老师。她转向尼尔，用夸赞的语气说：“很好，尼尔。我感到你演的帕克真的在主宰着一切，但是要记着，他在做这些事的时候心情是非常愉悦的。”

尼尔点点头，重新开始说：“‘爱神真不好，惯惹人烦恼！’”这回他的表情显得大胆而又淘气。

“非常好，你接着说，金妮。”导演面带微笑着说。

金妮爬回到以前的地方，说：

从来不曾这样疲乏过，从来不曾这样伤心过！

我的身上沾满了露水，我的衣裳被荆棘所抓破。

我跑也跑不动，爬也爬不动了……

学生们在舞台上表演着，导演在底下不时做手势指点着。

黄昏时分，他们结束了今天的排练。尼尔跟其他人道别后走出了礼堂，他的眼里仍然闪动着兴奋的光芒，脸色发红，显然还沉浸在剧情中。他骑车穿过静静的佛蒙特镇，往威尔顿中学赶。路上，他怎么也抑制不住自己的激情，边骑车边念起了台词。

到了学校门前，他谨慎地看看周围，确定他没被别人发现后，猛踩自行车冲上了小山坡，一直骑到宿舍楼前。他停好车，正准备进楼，忽然看见托德在台阶上蜷缩成一团静静地坐着。

“托德？”尼尔喊，朝托德走过去。托德没有穿外套抖抖索索地坐在黑暗中。“怎么了？”尼尔看着他的室友问道，托德没做声。“发生什么事了，托德？”尼尔又问，挨着托德坐了下来。

“这儿实在太冷了！”尼尔说。

“今天是我的生日。”托德淡淡地说。

“是吗？你怎么不早告诉我呢？生日快乐！收到礼物了吗？”尼尔问。

托德没说话，指了指放在地上的一个盒子。他牙齿在不停地打战，天气太冷了。尼尔打开地上的盒子，发现是一套刻花的文具组合，这个和宿舍里托德已经有的那一套一模一样。

“这是你的文具组合，我还没有得到过这样的东西呢。”尼尔说。

“他们给我的东西和去年的完全一样！他们甚至都不记得去年给过我什么！”托德喊道。

“嘘。”尼尔示意他安静一些。

“嘿。”托德自我解嘲地笑笑。

两人都沉默了一会儿，尼尔说：“嗯，也许他们认为你需要换一套，一套新的。也许他们认为……”

“也许他们根本就没想过，只是在想我的哥哥！他的生日总是头等大事。”托德愤怒地说。他看着地上的文具组合，苦笑一声，说：“好笑的是，他们第一次送我这种玩意时我就不喜欢！”

“托德，你看，你显然低估了这套文具组合的价值。”尼尔轻笑着说，想帮着托德调整此刻糟糕的心情。

“什么？”

“我的意思是，这是一件很不同凡响的礼物！如果能得到像这样的一件绝佳的文具组合，谁还想要一个足球一把棒球拍或是一辆汽车呢！”尼尔用玩笑的口吻说道。

“是啊！看看这把尺子多漂亮！”托德被尼尔的幽默感染了，也哈哈大笑起来。

这时，天已经漆黑一片了，气温也更低了，尼尔也冷得开始打起战来。

托德说：“你知道我稍微长大些后我爸爸叫我什么吗？‘五百九十八’。如果你把一个人身体里所有的化学物质装起来拿去卖的话，就是这个价格。他告诉我说，这就是我的全部价值，除非我能每天刻苦努力来提升自己。五百九十八啊。”

尼尔叹口气，难以置信地摇摇头。“没想到托德的家庭生活竟然如此扭曲。”他心里想。

“我很小的时候，”托德继续说，“我以为所有的父母亲都会自然而然地爱自己的孩子，我的老师这样告诉我，从他们给我的书中我也读到过这样的内容，我也相信它。不错，我的父母亲可能很爱我的哥哥，但他们并不爱我。”

托德站起来，痛苦地长叹一口气，回宿舍去了。“托德……”尼尔想劝托德，但又觉得说什么都苍白无力。他一个人默默地坐在冰冷的台阶上。

第二天下午，同学们刚走进基丁老师的教室，卡梅伦就大声说：“嗨，黑板上写着让我们到操场上去。”

“基丁老师今天又想玩什么花样。”皮兹满怀期待地笑着说。

学生们争先恐后地往寒冷的操场跑去。麦卡利斯特从他教室的门缝里看着，懊恼地摇摇头。

基丁站在操场上，同学们在他周围站定后，他开始讲话："同学们，循规蹈矩的危险因子一直在影响着你们的学业。皮兹、卡梅伦、奥佛史区、查普曼，请到那边排好队。"他指挥着四个男孩在他指定的地方排好队后，说："我数三下，你们开始一起绕着操场走，什么都不要想，这也没有分数高低，只管走就是了。一、二、三，走！"

四个男孩走了起来，他们顺着操场的一边走，绕了一大圈，又走回到刚才起点的地方，正好一个正方形。

"好，就是这样，再来。"基丁说。

几个男孩再次开始绕着操场走。其他班的学生和老师都好奇地在旁边看他们。很快，也许是因为受到了注视的缘故，几个人的步子开始一致，一种类似于行军一样的有节奏的脚步声从路面上传过来。基丁和着节奏拍手，他们几个也默契地按照一二三四的节拍走。

"就是这样……听到了吗？"基丁喊道，然后更大声地和着拍子击掌，"一二、一二、一二……我们都玩得很开心，在基丁的班上……"

麦卡利斯特此时正坐在自己的空教室里批改试卷，他听到操场上的喧闹声，便走到窗户前往下看。刚才那四个男孩渐渐熟悉了节拍，他们高高地抬起腿，手臂前后挥舞着，起劲地与节拍保持一致。班上的同学也都跟着一起拍掌。

操场上的拍掌和喝彩声也吸引了诺兰校长，他放下手头的工作，从窗户里观察这一组正在训练的小队。对于基丁上英文课不待在教室里而跑到外面去击掌和呼喊，他感到很不高兴，眉头皱起了一道深沟。“他们究竟要干什么？”他纳闷。

“好，停。”基丁对四位男孩喊道，“不知你们注意没有，一开始，奥佛史区同学和皮兹同学在步态上与其他人有些不同——皮兹是那种长长的摇摆着的步子，诺克斯·奥佛史区是那种稍稍有点弹跳式的走路——但是很快他们就都按照统一的节奏来走了，我们的鼓励又使得这种统一表现得更加明显。”基丁说。

“这个实验不是要嘲笑他们，而是要证明：在有其他人存在的情况下，我们想要听从自己内心的声音，或者坚持我们自己的信念是多么的艰难。如果你们中任何人觉得自己可以走出不同的步子，那不妨问问自己，为什么要跟着别人拍手。小伙子们，我们所有人都非常期望别人能认可自己，但是你必须要相信，你是独一无二的，你跟其他人是不一样的，即使这种观点你觉得很古怪或者很不受人欢迎，你也一定要相信这一点。正如弗罗斯特所说的那样：‘一片树林里分出两条路，而我——我选择了人迹更少的那一条，这就导致了所有的不同。’”

下课铃响了，基丁解散了全班学生，离开了操场。基丁的话让人深思，学生们都在默默咀嚼着其中的意思。

一直看着他们的诺兰校长离开了窗前。“这要我怎么办？”他想着。而那边麦卡利斯特也认为基丁这些行为既古怪又可笑，他轻声笑笑，继续批改他的试卷。

学生们从操场上往回走，准备上第二节课。卡梅伦对尼尔说：“晚饭后我们在石洞聚会。”

“什么时间？”

“七点半。”

“好的，我来传达。”尼尔说。

这天晚上，托德、尼尔、卡梅伦、皮兹和米克斯几个人围坐在石洞里的一堆篝火旁。他们伸手烤着火，天气实在太冷了。浓雾渐渐涌进山洞里来，外面的树木被阵阵大风刮得刷刷作响。

“今晚外面真是阴森恐怖。”米克斯颤声说道，他朝火堆旁凑近一些，又问，“诺克斯去哪了？”

“他在为他那个聚会做准备。”皮兹轻声笑着说。

“那查理去哪了？他可是咱们诗社的铁杆拥护者啊。”

卡梅伦说。

几个人都耸耸肩表示不知道。尼尔开始了仪式，“我步入丛林，因为我希望活得有意义，我希望活得深刻，吸取生命中所有精华……”突然尼尔停了下来，他听到树林里传来一阵奇怪的响声。其他人也都听到了这种声音，并且肯定这不是风发出的声音，确切来说是一种类似于女孩轻笑的声音。

“我什么都看不见。”一个女孩的声音传入山洞中。

“就在那儿了。”一个男孩子的声音，听起来像是查理。

火光明亮地照耀在男孩们诧异的脸上。这时，只见查理和两个年龄稍大一点的女孩说笑着走进山洞里来。

“嗨，伙计们。”查理和大家打着招呼，搂着一位皮肤白皙的金发女孩。“这位是格罗瑞娅，”查理介绍道，另外一位有一头黑色的头发，绿色的眼睛，长相普通。“这位是……”他看着那位女孩，似乎记不起她的名字。

“蒂娜。”黑头发女孩有些尴尬地自我介绍，然后抬手喝了口拿在手里的啤酒。

“格罗瑞娅，蒂娜，这些是死亡诗社的会员。”查理兴奋地向她们介绍道。

“这么奇怪的名字！能不能告诉我们这是什么意思？”格罗瑞娅笑着问查理。

“我跟你说过，这是秘密。”查理也笑着回答。

“他真是太可爱了。”格罗瑞娅嗲嗲地说，然后亲密地和查理抱在一起。男孩们都目瞪口呆地看着这两个女孩，她们野性十足，有着异国的情调，而且年龄明显要比他们几个大，估计在二十岁左右，甚至更大。现在他们几个都关心同一个问题——查理这小子究竟是从哪里钓到她们的？

“伙计们，”查理大声说，同时把格罗瑞娅搂得更紧一些，几个男孩的眼睛也睁得更大了。“我要宣布一件事，为了实践死亡诗人义无反顾的开拓精神，我决定放弃查理·达尔顿这个名字，从现在起，叫我‘努安达’。”

两个女孩子听了咯咯地笑，男孩们则大声起哄着。“你的意思是我以后不能再叫你查理了，宝贝？”格罗瑞娅胳膊绕住查理的脖子问，“‘努安达’是什么意思，亲爱的？”

“就是努安达，没别的意思，我编出来的。”查理说。

“我有点冷。”格罗瑞娅说着往查理怀里挤了挤。

“我们再去拣些木柴吧。”米克斯提议。

米克斯他们几个人往山洞外面走去。查理瞪了米克斯一眼，走到一面墙前，用手刮下一些泥土，把它们抹到自己脸上，看起来就像是个印第安武士。他转回身朝格罗瑞娅色色地看了一眼，便跟着他的几个同学一起走出山洞去搜集木柴了。

蒂娜和格罗瑞娅不知在悄悄耳语着什么，咯咯地笑着。

这几个男孩在树林中收集木柴时，诺克斯·奥佛史区正骑着自行车离开学校前往丹伯利的住所。到了丹伯利家后，他把车停在房子旁边的灌木丛里，脱下外套，把它塞进了自行车后面的挂包里，然后整理了下领带，跳上台阶，开始敲门。房子里面发出嘈杂吵闹的音乐声，没有人过来开门。诺克斯又敲敲门，还是没开，于是他转动门把手，打开门走了进去。

展现在他面前的是一副疯狂的联谊会场景，在门廊处的长沙发上，一对情侣正在忘情地亲热。椅子上、里面的沙发上、楼梯上、地板上，到处都是亲热着的情侣，而且根本无视其他人。诺克斯不知所措地站在那里，这时，他看见克莉丝从厨房里走出来，头发有些蓬乱。

“克莉丝！”诺克斯朝她喊道。

“噢，你好。”克莉丝看到是他，礼貌地说。她见诺克斯就一个人，问他：“很高兴你来参加，你没有带个伴儿来？”

“没有。”诺克斯说。

“哦，金妮·丹伯利在那边，你去看看她。”说完克莉丝便欲走开。

“可是，克莉丝……”音乐震耳欲聋地响着，诺克斯不得不大声地喊。

“我得去找切特。别拘束，就当在自己家一样。”克莉丝回头大声喊道，说完便轻快地一闪而去。

诺克斯无奈地耸耸肩，心情很是沮丧。他小心翼翼地挪动着脚步，避开地上散乱躺着的情侣们。进了客厅，他四处张望找金妮·丹伯利。“真不咋样的派对。”他心里想着。

威尔顿村，死亡诗社会员们在石洞附近跌跌撞撞地走着，在黑夜中用双手摸索着地面，寻找可以烧火的树枝和木材。

“查理……”尼尔小声喊。

“我叫努安达。”

“努安达，这是怎么回事？”尼尔问他。

“没什么，除非你们不想让姑娘们来这儿。”查理说。

“哦，当然不。”皮兹说道，黑暗中他不小心撞到了尼尔身上，“噢，对不起。”他对尼尔道歉，然后对查理说：“只是……你应该事先跟我们说一声的。”

“我想我应该率性一些。我的意思是，这才是最重要的，是吧？”查理轻声说。

“你在哪里碰到她们的？”尼尔问。

“她们俩当时正沿着咱们学校足球场边上的栅栏散步，我碰到了她们。她们说对我们学校很好奇，所以我就邀请她们加入我们喽。”查理如实地说。

“她们是亨利·霍尔中学的？”卡梅伦问。

“我想她们不是学生。”查理说。

“什么，她们是镇上的人？！”卡梅伦惊得差点一口气没换上来。

“嘘，卡梅伦，你怎么回事？”查理说，“你表现得就好像她们是你妈妈或什么似的，你很怕她们吗？”

“见鬼，我才不怕她们呢！我只是……如果我们跟她们搞在一起，我们就死定了。”

“喂，男孩们，你们怎么了？”格罗瑞娅在山洞那边喊。

“只是在拾柴，马上就回去了。”查理起身喊道，然后他对卡梅伦低声说：“闭嘴，蠢货，没什么好担心的。”

“小心点，你叫谁蠢货，查理·道尔顿！”

“哎呀，冷静，冷静，卡梅伦。”尼尔赶紧从旁劝道。

“是努安达。”查理纠正着卡梅伦的叫法，然后朝山洞走去，其他人也跟着回去。卡梅伦显然气坏了，他盯着几个人走进山洞，自己在外面站了一会儿，才进了山洞。

几个男孩把他们刚收集的树枝和木材扔到了火堆上，火焰顿时高涨起来。他们围着火堆席地而坐。皮兹笑着对大家说：“也不知道诺克斯这会儿进展得怎么样了。”尼尔叹口气道：“可怜的家伙。也许他会很失望的。”

此时的诺克斯确实很失望，他漫无目的地游荡在丹伯利家那巨大宽敞的别墅里，不知该去哪里。他走到了餐具室，那儿有几个年轻人正在交谈，旁边有一对情侣，他们也在激情拥吻着，那男孩的手一直在女孩的裙子上摸索，而女的则不停地把他的手推开。诺克斯努力让自己不去看他们，把目光移向别处，碰巧看见金妮·丹伯利正站在角落里看着他，他们互相笑了一下，表情很是尴尬。

“你是马特·桑德斯的弟弟？”一个体型魁伟、像是足球后卫队员的家伙一边调酒一边问诺克斯。

“不是。”诺克斯摇头答道。

“布巴！这小子看起来像不像马特·桑德斯？”足球后卫队员大声喊一个斜靠在冰箱上的人，那也是一个体型高大的运动员，已经喝得醉醺醺的了。

“你是他的弟弟？”那位叫布巴的人问诺克斯。

“我跟他没关系，从来都没听过这个人。对不起。”诺克斯说。

“喂，斯蒂夫，”布巴对后卫队员喊道，“你不懂礼貌吗？这是马特的弟弟，还不请他喝一杯？”然后他扭头问诺克斯：“来杯波旁威士忌？”

诺克斯赶紧说：“事实上，我不……”，但叫斯蒂夫的后卫队员根本不听诺克斯说什么，马上就把一个酒杯塞到诺克斯的手上，给他满上波旁威士忌，只加了很少一点可乐。

布巴举起酒杯和诺克斯碰了一下，说：“敬马特。”

“敬马特。”斯蒂夫也附和地碰杯。“敬……马特。”诺克斯只好跟他们一起碰杯。布巴和斯蒂夫两个人一仰脖就干掉了整杯酒，诺克斯也学着他们尽量一口喝下去，但却呛得他一阵咳嗽。喝完后斯蒂夫又给每个人都加满了酒。这时诺克斯感觉他整个胸腔内好像着了火似的。

“马特最近在忙什么呢？”布巴问诺克斯。

诺克斯还在咳嗽，他强忍着难受，说：“事实上，我真的……不认识什么马特。”

“敬我们伟大的马特。”布巴说着又举起了酒杯。

“敬伟大的马特。”斯蒂夫跟着说。

“敬伟大的……马特。”诺克斯只好再次和他们碰杯，然后一边咳嗽一边和布巴、斯蒂夫两人一起干掉了杯中的酒。诺克斯咳嗽得更厉害了，足球后卫队员斯蒂夫拍拍诺克斯的后背，大笑着说：

“放松些，老弟。”

“嗯，我得去找帕特茜了。代我向马特老兄问好。”布巴打着酒嗝，拍拍诺克斯后背走了。

“好的。”诺克斯说，无奈地摇摇头。金妮朝他微微笑了笑，走出了餐具室。

“给我你的杯子，老弟。”斯蒂夫拿过诺克斯的酒杯，又给诺克斯倒了满满一杯威士忌。诺克斯感到自己的头已经开始晕了。

篝火将山洞映得通红，男孩子们和格罗瑞娅以及蒂娜紧紧地围坐在火堆旁，看着跳动着的火焰出神。“山洞之神”头顶上的蜡烛在哔哔剥剥地燃烧着。

“我听说你们这些小伙子很古怪，可没想到会有这么古怪。”蒂娜看着那尊凹凸相间的烛台雕塑说道，从怀里抽出一品脱威士忌酒，递给了尼尔，示意他喝。尼尔接过来呷了一小口，但是却尽力装出好像是很自然地喝了一大口似的，然后他又把酒递回给蒂娜。

“继续，把它传下去。”蒂娜说，篝火的温暖和威士忌的辛辣让她的脸红扑扑的，平淡中增加了些许妩媚。

酒瓶在众人中一人一口地传了下去，几个男孩都努力装出能喝酒的样子，唯独托德和其他人不一样，他真的干了一大口威士忌，而且没有咳嗽。

“真棒！”格罗瑞娅大声为托德叫好。她问大家，“你们不想叫女孩上这儿来吗？”

“想啊！”查理说道，“这都快让我们发疯了！这也是我们诗社的任务之一。我要宣布一件事情，事实上，我已经以死亡诗社的名义在校报上登了篇文章，要求学校接收女生，这样我们以后就都会有女朋友了。”

“你说什么？”尼尔惊叫着站起来，“你怎么能这样做呢？”

“我是校对之一，我偷偷把文章塞了进去。”查理洋洋得意地说。

“噢，天哪。这下完了！”皮兹大声说。

“为什么啊？没人知道是谁。”查理说。

“你以为他们查不出来是谁干的？他们会找到你，问你死亡诗社是怎么回事。查理，你没有权利这么胡来！”卡梅伦大声叫喊道。

“我叫努安达，卡梅伦。”

“对，是努安达。”格罗瑞娅把胳膊环在查理的脖子上，柔声对他说。

“我们大老远跑这是来玩呢，还是真要干点什么？如果我们只是凑到一起念几首诗，那我们到这儿干吗？”查理不高兴地质问大家。

“那你也不应该这样做，这会惹来麻烦的，你不能以诗社的名义来写。”尼尔边说话边在洞中走来走去。

“好，你们都不要再担忧你们的小脑袋了。如果他们查出来，我就说是我瞎编的，不会有人踢你们的屁股，放心。瞧，格罗瑞娅和蒂娜不是来听我们辩论的，我们准备开始还是怎么着？”查理气呼呼地说。

“对呀，如果你们不进行我们怎么知道我们要不要加入呢？”格罗瑞娅说道。

尼尔扬起眉毛，问查理：“加入？”

查理没有看他，转头对蒂娜说：“我该把你比作美丽的夏日？你比夏日更可爱，更温柔——”

蒂娜陶醉在查理的甜言蜜语中，“噢，真是太美了！”她呻吟着，抱住了查理。几个男孩都尽量表现出不屑一顾的表情，好像他们真的一点都不嫉妒似的。

“我专门为你写了这首诗。”查理对蒂娜说。

蒂娜兴奋地瞪圆眼睛，问查理："真的吗？"

这时旁边的格罗瑞娅脸有些发红，她在嫉妒。查理注意到了，于是他又赶紧转头对格罗瑞娅说："我也为你写了一首。"说完他闭上眼睛，开始朗诵："她走在美的光彩中，像夜晚……"

查理睁开眼睛，从火堆旁站了起来，他尽力掩饰着自己忘记了诗文的窘态，走到山洞的另一边。"她走在美的光彩中，像夜晚，"他边重复着边转过身，打开手中的书偷偷地瞄了一眼，然后赶紧合上。格罗瑞娅正满怀期待地看着他，查理把书放下，转回身面对格罗瑞娅，说："皎洁无云而且繁星漫天；明与暗的最美妙的色泽，在她的仪容和秋波里呈现。"

格罗瑞娅兴奋地高声尖叫着："他真是太可爱了！"

几个男孩面色苍白地坐在地上，他们实在嫉妒，查理这样的欺骗行为都能行得通！被蒙在鼓里的格罗瑞娅激动地与查理紧紧拥抱在一起。

同一时间，诺克斯·奥佛史区这边也在经历着难以忍受的嫉妒。他独自跌跌撞撞地走在丹伯利家人潮涌动的别墅中，想着克莉丝和切特不知此时正在干什么，又想起他的朋友们曾对他说过的让他不要对克莉丝抱有太高希望的话。“孩子，还是那些家伙说的对啊！”诺克斯喃喃自语地说。

房间内的灯已经全熄灭了，月光从外面透过窗户照进来，尚不致让室内一片漆黑。漂流者乐队演奏的歌曲在大声地喧闹着，家里到处都是一对对的情侣，他们纠缠在一起，互相亲热着。

诺克斯喝了一口酒，盲目地向前走着，他和布巴以及斯蒂夫喝了无数杯不加可乐的波旁威士忌，已经有些醉了。猛然一下，他被躺在地上的情侣绊了一跤。

“喂！”一个愤怒的声音大喊，“看着点路！怎么了，喝多酒了，小子？”

## *Chapter 10*… 上帝来电

“对不起。”诺克斯赶忙低声道歉，倒在旁边的沙发上。他抬起手中的半杯威士忌，猛灌了一大口，现在他感觉酒在滑下喉咙时好像也没那么火烧火燎的了。

诺克斯在酒精的作用下放松了很多，他抬眼望向四周：在他的左边是一对拥抱在一起的情侣，他们发出的声响很大，像是两只巨大的野兽在喘气；他的右边是另一对已经完全陷入到沙发中的情侣。诺克斯想站起来，但刚才绊倒他的那一对滚落过来，正挤在他的小腿这儿，把他别在那里不能动弹。他差点笑出声来，自言自语道：“好吧，我也可以放松一下嘛。”在他身边的那些人都实在太忙了，根本就没注意到还有他坐在这儿。

这时音乐停了下来，急促的喘息声顿时充斥了整个房间。“听起来就像人工呼吸病房一样。”诺克斯这样想着，他在想自己要是也有一个伴儿该有多好。他看看右边的那一对，觉得那男的似乎要把那女的嘴唇给咬下来。再转头看左边的那对。

“哦，克莉丝，你真的是太美了。”他听到那个男的说。

“噢，天哪，是克莉丝和切特！”诺克斯心脏咚咚地猛跳起来，克莉丝·诺埃尔就躺在他的旁边！

音乐又响了起来，是漂流者的《魔法时刻》。克莉丝和切特继续狂热地互相爱抚着，诺克斯努力不去看他们，但眼睛却不由他自身控制，牢牢地“焊”在了克莉丝身上。

“克莉丝，你真的是太美了。”切特喃喃地说着，重重地吻着克莉丝，而克莉丝有一半身体靠在诺克斯身上。房间内月光朦胧，诺克斯近距离凝视着克莉丝，她的脸部轮廓，脖颈，以及胸部柔美的曲线，一切都太完美了。诺克斯飞快地喝掉杯中剩下的酒，强迫自己不要去看克莉丝。

克莉丝靠在他身上的力度更大了。“哦，天哪，救救我吧。”诺克斯在心中哀号，他的脸因努力抗拒克莉丝的诱惑而痛苦地扭曲着，他尽量让自己不去看她不去想她，但他知道他做不到。

最后，情感终于战胜了理智，他彻底融化在了克莉丝的诱惑中。“抓住每一天。抓住乳房！”他喃喃自语，闭上了眼睛。

“啊？”诺克斯听到克莉丝对切特喊了一声。

“我没有说话啊。”切特说。

他们继续亲吻着，诺克斯感觉他的手好像被一块强有力的磁铁吸引似地，不由自主地探手过去，开始轻柔地抚摸克莉丝的脖颈，然后慢慢移向她的胸部。诺克斯低下头，闭上眼睛，享受着爱抚克莉丝带给他的快感。

克莉丝以为是切特的手在抚摸她，也热烈地回应着。诺克斯的呼吸开始急促起来。“哦，切特，这感觉真是太美妙了。”克莉丝在黑暗中说。

“是吗？”切特的声音透出惊奇，“什么美妙？”

“你知道的。”克莉丝说。

诺克斯赶紧抽回了他的手。切特抬眼看了一会，没觉出什么异样，又继续亲吻克莉丝。“不要停，切特。”克莉丝呻吟着说。

“停什么？”

“切特……”

诺克斯鬼使神差地又把手放回到了克莉丝的脖颈上，搓揉着她，然后又一次轻柔地滑向克莉丝的胸部。

“噢，噢……”克莉丝呻吟着。

切特停下亲吻，想听清楚克莉丝在说什么，但他只停顿了一会就又开始继续亲吻。而克莉丝这边则由于诺克斯的抚摸而兴奋地呻吟起来。

诺克斯把头向后靠到沙发上，他尽量克制着自己，一下一下缓慢地深呼吸。音乐更响亮了，诺克斯尽情地抚摸着克莉丝的乳房，克莉丝的呼吸也变得越来越急促。诺克斯彻底心醉神迷了，以至于酒杯滑到地上他都不知道。

突然，切特的手抓住了诺克斯的手，紧接着，电灯咔哒一声亮了。诺克斯看到的是切特因愤怒而变得狂暴的脸。克莉丝则坐在一旁，困惑不解地看着他俩，她还完全不知道怎么回事。

“你在干什么？”切特对诺克斯怒声喊道。

“诺克斯？”克莉丝也看见了诺克斯，她用手挡着电灯的亮光，她的眼睛还没习惯突然的光亮。

“切特！克莉丝！”诺克斯假装很惊讶的样子问他们，“你们在这里干什么？”

“你为什么……”切特尖叫着，话还没说完，就一拳猛击到诺克斯的脸上，然后抓住诺克斯的衬衣，一把把他掼到地板上，又扑过来骑到他身上，重重地打诺克斯耳光。诺克斯用双手拼命架住切特，避免被切特打到。“你这个小杂种！”切特边打诺克斯耳光边咬牙切齿地咒骂着。

“切特，别这样。”克莉丝反应了过来，在旁边喊道。但切特的拳头仍一下一下地狠揍着诺克斯。

“切特，不要打了！住手！”克莉丝哭喊着哀求切特。看到劝说不管什么用，克莉丝跑过来把切特推开，诺克斯趁机滚落在一旁，摆脱了切特的控制。“够了。”克莉丝一边喊一边顶住切特，尽力把他阻挡在一旁。

切特终于站住不动了，诺克斯无力地躺在地上，双手护着头，他的鼻子被打出了血，脸上也有好几处伤痕。“对不起，克莉丝，对不起。”诺克斯气喘吁吁地对克莉丝说。

“还想挨揍吗，狗娘养的，啊？快他妈给我滚出去！”

切特说着又要扑向诺克斯，克莉丝和其他几个人赶紧把他拦住，另外几个人趁机把诺克斯带出了房间。

诺克斯蹒跚地朝厨房那边走去，走到半路，他又回头对克莉丝喊道：“对不起。克莉丝！”

“下次再让我看见你，你就死定了！”切特尖声咒骂道。

死亡诗社的会员们还在山洞里聚会，全然不知道他们的一个伙伴正在挨揍。

山洞中的篝火燃烧着，火焰明亮地跳动，在墙上投射出阴森恐怖的影子。格罗瑞娅抱着查理坐在地上，望着他，眼里充满了崇拜。蒂娜与其他几个小伙子轮流喝着那瓶威士忌。

“嘿，伙计们。你们为什么不领着蒂娜参观一下我们的死亡诗社花园呢？”查理说，朝着洞口方向摆摆头。

“花园？”米克斯惊讶地问

“什么花园？”皮兹也问。

查理对皮兹和其他几个伙伴使了个眼色，示意他们走开。尼尔明白了，他用肘推推皮兹。

“哦。对了，那个花园。来，伙计们。”尼尔说。

“真不可思议！你们居然还有一个花园？”蒂娜不明就里地问。

除了米克斯，其他几个人都出去了。米克斯站在火堆旁，困惑地看着大家的背影，问道：“你们到底在说什么？”看到查理对他怒目而视，他又问查理：“查理，唔，努安达，我们没有花园啊。”

这时尼尔从外面走回来，拽着米克斯一边往外走一边大笑着说：“走吧，你这个蠢货！”

等他们都出去了，查理看着格罗瑞娅笑着说：“天哪，这么聪明的家伙，竟然如此愚钝！”

格罗瑞娅盯着查理的眼睛，说："他真可爱。"

"我觉得你真可爱。"查理说，舒了口气，闭上眼睛，慢慢屈身去吻格罗瑞娅。就在他的唇刚刚触到格罗瑞娅的唇时，格罗瑞娅站了起来。

"你知道你真正吸引我的是什么吗？"她问查理。

查理抬起头眨眨眼，问："是什么？"

"我碰到的每一个男人都对我的身体感兴趣……而你却不像他们。"

"我不像？"

"是的！"格罗瑞娅笑笑，继续说，"从现在开始其他男人对我来说都已经结束了，再为我读几首诗吧。"

"可是……"查理结结巴巴地说。

"求你了！被人欣赏的感觉是那般美妙……你知道……你所作的那些诗。"格罗瑞娅说。查理暗叫一声苦，双手捧住了脸。格罗瑞娅看着他，说："努安达，好吗……？"

"好吧！让我想想！"查理稍稍想了一会，便开始吟诵：

我绝不承认两颗真心的结合
会有任何障碍；爱算不得真爱，
若是一看见人家改变便转舵，

或者一看见人家转弯便离开。

格罗瑞娅满足地呻吟着，说：“不要停！”查理继续吟诵，而格罗瑞娅的呻吟声也一阵比一阵大。

哦，决不！爱是亘古长明的塔灯，
它定睛望着风暴却兀不为动；
爱又是指引迷舟的一颗恒星，
你可量它多高，它所值却无穷。
……

“这比性爱棒多了。”格罗瑞娅叫喊着，“太浪漫了！”

查理垂头丧气，翻着白眼，但是他还不能停，还得继续吟诵下去。他的声音在夜空中传出去老远。

第二天，全体学生被召集到威尔顿中学的礼拜堂开会。学生们传看着这一期的校刊，嗡嗡地议论着。

诺克斯·奥佛史区坐在其中，他尽量低着头，怕别人看见自己脸上的青肿和伤痕。而其他人，尼尔、托德、皮兹、米克斯、卡梅伦，尤其是查理，他们满脸疲倦地坐着，显得精疲力竭。皮兹努力遏制住自己不停的哈欠，把一个公文包递给查理，悄悄对查理说：

“一切准备就绪。”查理听了点点头。

这时诺兰校长走进了礼拜堂，全体学生站了起来。诺兰通过长长的过道，走到讲台上，对着学生们做了个手势，让他们坐下，然后大声清了清喉咙，说：

“在本周的校报上，出现了一篇私自添加的不堪入目的文章，这篇文章要求在威尔顿中学招收女生。我不想浪费我宝贵的时间去追查，但我保证我一定会查出来。我希望任何一位知道这篇文章情况的同学，现在就站出来说清楚。不管是谁干的，这是你避免被学校开除的唯一机会。”

诺兰讲完话后，静静地站在那里，他在等待有人站出来主动承认错误。全体学生也静默着，教堂里鸦雀无声。突然，一阵急促的电话铃音打破了这沉重的寂静。只见查理迅速把手中的公文包提起来放到膝盖上打开，里面是一部正在响铃的电话机。学生们都惊呆了，他们窃窃私语，在威尔顿，还没有一个人做过如此疯狂的事情！查理表现得相当镇静，他勇敢地拿起电话机听筒。

“威尔顿中学。你好？”查理的声音很高，全体学生老师都能听得见。“是的，他在。稍等。诺兰校长，是找你的。”查理模仿着很严肃的腔调对诺兰说。

诺兰的脸霎时变得通红。他尖叫道：“什么？”

查理把电话听筒伸向诺兰，说：“上帝打来的。他说威尔顿中学应该有女生。”查理这句话一说完，全场学生顿时爆笑成一片。

诺兰毫不犹豫地阻止了查理这种引人注目的花招。转眼间，查理就发现他自己已经身处诺兰校长的办公室中了，而诺兰正在他面前狂躁地走来走去。“给我把你的嬉皮笑脸收起来，说，还有谁参与了这件事？”诺兰愤怒地说。

“没有别人，校长，只有我。我为校报做校对，所以我就把我的这篇文章加了进去，把罗布·克雷恩的文章换了下来。”查理说。

“道尔顿同学，如果你觉得你是第一个想被学校开除的人，你错了。其他人也有过这种想法，但他们想错了，就像你一样。摆好姿势。”

查理顺从地弯下腰。诺兰抽出一把巨大的旧扁杖，扁杖的上面钻出了很多小孔，这样可以加快它下落的速度。诺兰脱掉外套，走到查理的后面。

“大声数数，道尔顿同学。”诺兰命令道，然后抡圆了扁杖，猛地朝查理的屁股打去。

“一。”查理喊道。诺兰又举起了扁杖，这次砸得更重了，查理忍着疼痛喊道：“二。”

打到第四下时，查理的声音几乎听不见了，他的脸因为剧痛而扭曲变形。

诺兰夫人，也就是诺兰校长的妻子兼秘书，此时正坐在诺兰办公室的外间，她努力不去听里间责罚的声音。而在相邻的学校荣誉室，有三名学生，其中包括卡梅伦，正在临摹黑板上的麋鹿素描画，他们听着隔壁校长用板子责打查理的声音，脸上都充满了恐惧和敬畏，尤其是卡梅伦，手发抖得都画不下去了。

打到第七下时，眼泪顺着查理的面颊刷刷地流了下来。

“数数！”诺兰大声吼道。

打完了第十下，查理的声音哽住了。诺兰停了下来，他走到前面来，看着查理，说：“你还是坚持说这是你一个人的主意吗？”

查理强忍疼痛，说：“是的……校长。”

“这个‘死亡诗社’是怎么回事？我要具体的名字。”诺兰大声吼。

查理感到一阵阵眩晕，他嘶哑着嗓子回答：“就我一个，诺兰校长，我发誓，这个名字是我编出来的。”

“如果我发现还有其他人，道尔顿同学，他们将会被开除，而你要留在学校里。你明白我的意思吗？站起来。”

查理站起来，他忍住痛苦的眼泪和羞辱，脸憋得通红。

“如果你有勇气承认你的错误，威尔顿会原谅你，道尔顿同学，你要向全校师生道歉。”诺兰余怒未消地说。

查理一瘸一拐地走出诺兰校长的办公室。此时，他的朋友们正在宿舍内焦急地乱转，在楼道内走进走出，等着查理回来。可当他们看到查理回来时，又都一下冲进房间内，假装学习。

查理沿着楼道慢慢走着，竭力表现得他不觉得痛。当他走到自己门前时，尼尔、托德、诺克斯、皮兹还有米克斯几个都围了上来。

“怎么样了？你还好吧？被开除了吗？”尼尔一口气问道，看得出他很焦急。

“没有。”查理回答，他没有看任何人。

“怎么样了？”尼尔又问。

“校长让我把所有人供出来，还要向全校道歉，然后大家才会都没事。”查理说着，打开门走进了他自己的房间。

“那你准备怎么办？查理？”尼尔追问。

“见鬼，尼尔，我叫努安达。”查理说完，意味深长地看了他们一眼，砰的一声关上了宿舍门。

几个男孩互相看了一眼，欣慰的微笑在他们脸上泛开，他们知道查理最终挺住了。

下午，诺兰来到教学楼，往基丁的教室走去。到了门前，他先敲敲门，然后推开，看见基丁正在和麦卡利斯特聊天。

“基丁先生，我可以和你说几句话吗？”诺兰打断两位老师的交谈。

“哦，对不起。”麦卡利斯特急忙走出去。

诺兰等麦卡利斯特出去后关上门，绕着教室慢慢地踱着步，说：“这是我上课的第一间教室，约翰，你知道吗？”他走到讲台上，又说：“我的第一张讲台。”话语中充满了怀旧的感伤。

“我不知道您还教过课。”基丁说。

“教英文。比你早多了，不教还真舍不得，说老实话。”诺兰停顿了一下，眼睛直看着基丁，说，“我听传言说，约翰，你在班上使用一些非正统的教学方法。我不是说这跟道尔顿这些孩子的叛逆有什么关系，但我也觉得有必要提醒你，他们这种年龄的孩子很容易受人影响。”

“您的惩戒收效一定很大，我确信。”基丁说。

诺兰扬起眉毛，问基丁："那天在操场是怎么回事？"

"操场？"基丁有点不明白。

"孩子们走步，还一起拍手……"

基丁这才明白过来，他说："哦，那是为了证明一个观点，顺从的危险，我……"

"约翰，这儿的课程都是设定好的，它已经被证明是行之有效的。即使你有疑问，也不该随随便便乱改！"

"我始终认为教育的根本在于学会自我思考。"基丁说。

诺兰大笑一声，说："在他们这种年龄？开玩笑！传统，约翰！还有纪律。"说到这里，诺兰走过来倨傲地拍拍基丁的肩膀，说："送他们上大学，其余的就不用管了。"

诺兰说完笑笑，离开了。基丁站在那里，默默地看着窗外。过了一会，麦卡利斯特从门口探进半个身子来，说：

"如果我是你，我是不会担心学生们太保守的。"显然他刚才一直在外面偷听。

"为什么？"基丁问。

"你自己就是从这所伟大的学校毕业的，是吧？"

"是的。"

"那么，你要是想培养一个坚定的无神论者，就要对他进行一板一眼的严格教育。绝对奏效。"麦卡利斯特说。

基丁看着麦卡利斯特，笑了一下，麦卡利斯特也笑笑，转身走了出去。

晚上，基丁来到他所带的班级的宿舍楼。此时，学生们正在忙着去参加各种团体协会的会议或者活动。基丁走到查理的房间门前，正好碰上查理和他的几个朋友一起从房间里出来。

“基丁老师！”看到基丁到来，查理很诧异。

“你今天的表演很拙劣，道尔顿同学。”基丁严厉地对查理说道。

查理有点不相信自己的耳朵，他怀疑自己听错了。他说：“您跟诺兰先生站一边？那么‘卡匹迪恩’和‘吸取生命中所有精华’是怎么回事？”

“吸取生命中所有精华不是叫你胡来，查理，有时候要敢作敢为，而有时候要相对谨慎，聪明的人知道该如何取舍。”基丁说道。

“但是我认为……”

“被学校开除出去不是勇敢，是愚蠢，因为你会失去很多大好的机会。”

“是吗？比方说？”查理气呼呼地问。

“比方，不说别的，听我课的机会，明白了？”基丁说。

查理笑了笑说："知道了，老师。"

基丁转身看着其他几个死亡诗社的成员。"做事用点脑子——你们也都一样！"他以命令的口吻对大家说。

"是，老师。"他们齐声说。基丁微笑着离开了。

第二天，在基丁的教室里，学生们坐得满满的。基丁走到黑板前，龙飞凤舞地用粗体写下"大学"两个字。

"同学们，今天我们来学习一种进入大学时必不可少的技能，以便你们能在大学中汲取更多的营养——对你们所读之书进行分析。"基丁看着大家，继续讲道：

"大学可能会使你们不再热爱诗，对诗进行大量无聊的分析、解剖和评论确实会让人对诗失去兴趣。在大学里你们也会接触到各种各样的文献资料，这些书当中大部分都是优秀典籍，你们必须要好好阅读它们，但也有一些则完全是垃圾，你们必须要像逃避瘟疫那样躲开它们。"

他边讲边在台上来回走着。"假设你们现在正在学习'现代小说'的课程，整个学期你们都在读各种名著，诸如巴尔扎克的《高老头》，屠格涅夫的《父与子》等杰作。但是到了期末你们拿到论文题目时，会发现要写一篇关于《疑惑的社交界新手》中父爱主题的文章，而这部小说——姑且允许我用这么慷慨的词来叫它——就是由教你们的这位教授他自己写的。”

基丁扬起眉毛看着全班继续说：“你们可能仅仅读到这篇文章的第三页就再也读不下去了，你们宁愿去决斗也不愿浪费自己宝贵的时间读这种东西，让这样的污浊文章影响你们的心灵。但是你们绝望了吗？就心甘情愿得一个‘不及格’吗？当然不，因为你们早已准备好了。”

学生们都在专注地倾听，基丁继续讲：“打开《疑惑的社交界新手》这本书，你们会从它的封皮上得知，这本书讲的是一个农业机械推销员牺牲一切来给他的女儿克里斯廷提供援助，以帮助她拼命结交权贵往上爬的故事。在论文的开头，你们首先要声明没有必要再把情节复述一遍，但同时又要照搬足够的情节内容，以便让教授相信你们已经读过了这本书。

“接着，你们要转而写一些你们熟悉的主题宏大的东西。比如，你们可以写‘本书中值得一提的是作者所描写的那种极端的父爱和现代弗洛伊德学说的相似性’。克里斯廷可以被看作是伊莱克特拉，她的父亲是败在命运手下的俄狄浦斯。

“最后，你再写些晦涩难懂的复杂的东西，比如……”基丁停了停，继续说，“你可以写：‘最引人注目的是小说与印度哲学家阿沃什·拉合什·农之间的神秘联系。’拉合什·农曾经痛心地详细讨论过子女如何抛弃父母而去追求野心、金钱和成功这三头怪兽。接着再讨论拉合什·农的理论：是什么哺育了这头怪兽，又如何除掉它等等。最后还要对教授个人表示称赞，夸耀他能使这部作品得以面世所具有的才华横溢的文笔和至高的勇气。”

这时米克斯举手提问：“船长……如果对像拉合什·农这样的人一无所知怎么办？”

“根本就没有拉合什·农这么个人，米克斯同学，这个人是你编造出来的，没有哪个妄自尊大的大学教授敢于承认自己不认识一个好像很重要的人物。你将会因此而获得高分，就像我曾经做的那样。”

说到这儿，基丁从桌子上拿起一张纸，向全班念道：“‘你在文中谈到了拉合什·农，见解独到，有板有眼，很不错，很高兴能看见除我之外还有人欣赏这位伟大但被人遗忘的东方智者。优。’”

基丁把那张纸放回桌上，继续说：“各位，在大学里期末考试的时候，你们可能要分析你们之前从没读过的糟糕透顶的书，因此，我建议你们平日里自己可以练习一下如何应对这种状况。现在，为了应对大学中考试的陷阱，拿出答题本和铅笔，这是一次突击测验。”

学生们都拿出铅笔和本子，基丁把测验的题目分发了下去。然后他在教室的前面支起一张幕布，又跑到后面架起了一台幻灯片放映机。

“大学就像是索多玛和俄摩拉城[1]，里面有大量我们在这里很少能看到的怪兽：女人。”基丁笑笑，继续说，“她们会极大地分散你们的注意力，这次测验的目的就是对你们提前进行锻炼。我警告你们，这次测验是要计分的。现在开始。”

学生们开始做试题，基丁则打开幻灯机，把一张幻灯片放入机器。这张幻灯片上是一个身材火爆的漂亮女大学生，她正弯下腰去捡一根铅笔，由于弯腰角度过大，所以她的内裤露了出来。男孩子们在做题之余都抬头看这幅图片，而且几乎都看了两次。

“注意力集中，做试题，同学们，你们只有二十分钟时间。”基丁提醒他们，又拿了一张幻灯片放进去。这次是一个杂志封面的广告女郎，这个美女只穿着很少一点的内衣。男孩子们再一次抬头看幻灯片，发觉自己走神后，又

1 《圣经》中因居民罪恶深重而被神毁灭的城市。——译者注

都强打精神赶紧做试题。基丁看着他们为难的样子，偷偷地笑。他一张一张地放幻灯片，全是袒胸露肩并做出挑逗性姿势的漂亮女人，要不就是赤身裸体的希腊女性雕像图片——这些图片都在撩人地招展着，男孩子们的头在幻灯片和答题本之间上下来回地动着。诺克斯眼睛痴痴地盯着幻灯片，在答题本上一遍遍地写着：克莉丝，克莉丝，克莉丝……

# Chapter 11… 抓住每一天

隆冬吞没了威尔顿中学，秋日那些五彩斑斓的落叶现在正被呼啸的寒风裹挟着到处飞舞。

托德和尼尔缩在厚厚的夹克和围巾里，沿着大楼之间的空地朝前走着，尼尔背着《仲夏夜之梦》的台词。

“‘在这儿，坏蛋，把你的剑拔出来准备着吧。你在哪儿？’”尼尔投入地背诵着戏里的对白。

“‘我立刻就过来。’”托德配合地念着手上的剧本。

“‘跟我来，我们到平坦一点的地方。’”尼尔用比风更大的声音喊道，“天哪，我爱死它了！”

“戏剧？”托德问他。

“对，还有表演！”尼尔兴致勃勃地说，“这真是世界上最美妙的事情之一。大多数人，如果他们够幸运，他们勉强可以过上令人兴奋的生活。但如果我能演各种各样的角色的话，我就等于是过了很多次令我兴奋的生活!”

尼尔说着向前跑去，用戏剧里的夸张动作，跳上台阶，对托德说：“生存还是死亡，这是一个问题。上帝啊，我平生第一次感到我真正是在生活！你必须要尝试一下。”他从台阶上跳下来，说，“你也应该来参加，我知道他们现在正需要灯光和道具。”

“不，谢谢。”

“还有许多姑娘，演赫米娅的那个姑娘长得出奇地美。”尼尔故意要激起托德的兴趣。

“我会来看演出的。”托德郑重说道。

“哦，哦，哦……胆小鬼！”尼尔戏弄着托德，问：“我们到哪儿了？”

“‘哦，你在那里吗？’”托德按照剧本上读。

“大声点儿！”尼尔喊道。

“‘哦，你在那里吗？’”托德放大声音喊道。

“对，就这样！‘跟着我的声音来，这里不是我们战斗的地方。’”说完他向托德点点头，然后又挥挥手，喊道，“谢谢了，伙计，晚餐时候见。”说完便转身跑进了宿舍楼。托德站在原地看着他，摇摇头，朝图书馆方向走去。

尼尔沿着走廊蹦蹦跳跳地朝前走，一路上对好奇地看着他的同学做出小丑的样子。走到自己宿舍前，他猛地推开门，一跃跳入房间内，用手里持着的小丑木棍在空中挥舞着。

但突然，他愣住了，他看见自己的父亲正坐在桌子上！尼尔的脸刹那间由红变白。

“爸爸！”

“尼尔，我要你立即退出这场可笑的戏剧演出。”培瑞先生严厉地说。

“爸爸，我……”

培瑞先生猛地站起来，一掌拍到桌子上，怒声喊道：“不要跟我顶撞！你把时间浪费在这种无聊的东西上简直是糟透了，更糟的是你还故意欺骗我！”他狂暴地在屋子里走来走去。尼尔吓得浑身乱抖，站在那里不知所措。“你想怎样蒙混过去？回答我！是谁唆使你这么干的？是不是那个基丁？”培瑞先生吼道。

“没有人……我想，我想给你一个惊喜。我每门课都得了A，并且……”尼尔结结巴巴地说。

“你真以为我发现不了？马克斯夫人跟我说：‘你儿子跟我侄女在演一出戏。’我还说：‘不，不，不，你肯定搞错了，我儿子没在演戏。’你让我成了个骗子，尼尔。明天你去找他们，告诉他们你不演了。”

“爸爸，我演的是主角。”尼尔用近乎乞求的语气说，“明天晚上就要演出了。爸爸，求你了……”

培瑞先生的脸气得发白，他站在尼尔面前，手指着他，骂道：“就算世界明晚毁灭，我也不管！明白了吗？明白了吗？！”

“是，爸爸。”尼尔强忍住内心的悲痛说道。

培瑞先生站在尼尔面前，狠狠地盯着他，过了一会儿，说：“为了让你来这里读书，我费了好大的劲儿，尼尔，你不要让我失望。”

说完，他转身大步走了出去，剩下尼尔呆呆地站在原地，过了好长时间才回过神来。他走到桌子前，用手掌猛击桌面，一次比一次用力，直到他手掌麻木，眼泪顺着脸颊流了下来。

晚上，除了尼尔说他头疼不想来，诗社所有会员一起在威尔顿餐厅里吃饭，他们似乎都没有食欲，呆呆地坐着。老哈格走了过来，疑虑地看着他们。

“道尔顿，发生什么事了，孩子？你吃饭有问题吗？”哈格问查理。

“没有，老师。”查理回答。

哈格盯着这几个学生看了一会，然后说：“米克斯，奥佛史区还有安德森，你们几个是左撇子吗？”

“不是，老师。”他们回答。

“那你们怎么用左手吃饭呢？”

几个男孩互相看了看对方，诺克斯代表大家说：“我们认为这样有助于打破旧习惯，老师。”

“旧习惯有什么不好吗，奥佛史区同学？”

“它会让人们一直保持机械刻板的生活方式，老师。会限制你的思维。”诺克斯对哈格解释道。

“奥佛史区，我建议你把精力少放在打破旧习惯上，多花点心思去发展好的学习习惯，明白了吗？”哈格硬邦邦地说。

“明白了，老师。”

“你们也一样。”哈格看着餐桌旁其他几个人，说，“现在用你们正常的手吃饭。”

几个人只好听他的话，换过来用右手吃饭。但是当哈格一走，查理马上又倒换过来，继续用左手吃饭，其他几个人也都换了回来。

这时尼尔走进餐厅，他看看四周，便径直朝他的朋友们这桌走过来。他看上去满脸沮丧，显得很难过。“你没事吧？”查理问道。

“我爸爸刚来过了。”尼尔说。

“让你退出戏剧表演？”托德问。

“我不知道。”尼尔说。

“为什么你不去和基丁老师谈谈这件事呢？”查理建议道。

“那有什么用吗？”尼尔闷闷不乐地说。

查理耸耸肩，说：“也许他会给你一些好的建议，或者甚至去跟你父亲谈谈。”

“你在开玩笑吧？”尼尔苦笑一声，说，“别异想天开了。”

尽管尼尔表示反对，但其他人都认为也许只有基丁能帮尼尔解决眼下的麻烦。于是，吃完晚饭后，他们几个决定去找基丁。基丁的宿舍在宿舍楼的二楼，他们来到门前，查理上前敲门，托德、皮兹和尼尔站在后面。

“这想法真愚蠢。”尼尔说，他还是有点不赞同。

“总比什么都不做的好。”查理说着又敲敲门，但还是没人开门。

“他不在，咱们还是走吧。”尼尔用恳求的语气说。

查理转了一下门把手，门咔嗒一声竟然开了。“我们等等他吧。”查理说着走进了基丁的房间。

“查理！努安达！”几个人见状都大喊起来，“快点出来！”但查理毫不理会他们。在劝说无用后，他们也耐不住自己的好奇心，最后一同进了基丁的房间。

基丁的房间很小，但看上去空荡荡的，很落寞的感觉。几个男孩站在房间中央，不安地挪动着脚，很是尴尬。“努安达，我们不应该进来！”皮兹悄悄对查理说。

查理没有理他，四处打量着房间。基丁的东西很少，在门旁边的地板上放着一个蓝色的小手提箱，床上有几本已经翻得很破旧的书。看到桌上有一个相框，查理走过去拿起来，里面是一个很漂亮的女孩，看上去也就二十岁左右的样子。“哦，看看这个！”查理吹了声口哨说。相框旁边放着一封还没有写完的信，查理拿起来念道：“‘亲爱的杰西卡：没有你的日子，我实在太孤独了……能安慰我的只有看你美丽的照片，或是闭上眼睛，想象你那灿烂的笑容——但我的想象力实在太差，你的影子总是那般模糊。哦，我多么想念你，希望——’”

查理正饶有兴致地读着，突然，门嘎吱一声开了，几个人吓得赶紧藏到查理的身后。查理愣住了，基丁出现在门口。

“你好！基丁老师！很高兴见到你！”被抓了个现行的

查理不自然地叫道。

基丁走过来，轻轻地从查理手中抽出那封信，把它折起来，对查理说："女人就像一座教堂，孩子们，一有机会就要去敬拜。"他走到办公桌旁，打开抽屉把信放了进去。然后回头看着查理，问："你还翻到什么感兴趣的东西了，道尔顿？"

"对不起，我，我们……"查理结结巴巴地道歉，用求助的眼神看着其他人。这时尼尔上前一步，说：

"哦，船长！我的船长，我们来这里是因为我想跟您讨论一件事。"

"好啊。"基丁看着他们，问，"你们都有事？"

"事实上，我想跟您单独谈一谈。"尼尔边说边扭头看了查理他们一眼，查理他们此时也巴不得能够赶紧离开。

皮兹就势说："我要去学习了。"其他几个人忙附和说是，与基丁道别。

查理他们忙不迭地退出来。"随时欢迎你们来。"基丁对他们说。

"谢谢您，老师。"他们把门关上，在门外回答。

皮兹在查理肩膀上猛击一拳，说："见鬼，努安达，你这个白痴！"

“我实在忍不住。”查理耸耸肩。

听到他们在房间外的低声叫嚷，基丁不由得笑了笑。尼尔走了几步，看着房间，对基丁说：“天啊，他们给您的房间够小的，是吧？”

“也许他们是不想让世俗的东西使我分神。”基丁说完幽默地一笑。

“您为什么会在这儿？”尼尔问基丁，“我的意思是，就‘抓住每一天’来说，我本以为您应该出去看看世界或什么的。”

“啊，可我现在就在看世界啊，尼尔，新的世界，像这样的地方至少应该有一名像我这样的老师。”基丁说完笑了笑，又问尼尔，“你来这儿是和我讨论教学的？”

尼尔深吸一口气，说：“我父亲逼我退出在亨利·霍尔中学的戏剧演出。我思考着‘抓住每一天’这句话，觉得我就像被关在牢笼中一样！表演对我来说太重要了，基丁老师，那正是我想做的！当然，我明白他的意思，我们家不富裕，不像查理，不能太由着自己的性子来。但他从来都不问我想要什么就为我安排我的将来！”

“你跟你父亲说过刚才跟我说的这些话了吗？你对戏剧的热爱？”基丁问道。

“您在开玩笑吗？他会杀了我的！”

“那你在他面前也在表演，演一个听话的儿子的角色？”基丁温和地说。尼尔在他面前焦虑地来回走着。基丁又说：“尼尔，我知道这听起来好像不可能，但你必须跟他谈，必须让他明白你是什么样的人，你的心在哪儿。”

“可是，我知道他会说些什么。他会说演戏只是一时心血来潮，这不重要，我应该忘掉它。说他们就指望我了，告诉我不要再想这些，为了我自己好。”

“嗯。”基丁坐到床上，说，“那不是你的心血来潮，用你的坚定和激情，向他证明这一点，让他明白这一点。如果他还不相信你，那么至少到你十八岁的时候，你就可以做你想做的事情了。”

“十八岁！那这戏怎么办？明晚就要上演了！”

“那你就得在明晚之前跟他谈，尼尔。”基丁坚持立场。

“有没有容易点儿的办法？”尼尔恳求道。

“如果你要保持一个真实的自我，就没有。”

尼尔和基丁面对面坐着，静默了很长时间。最后，尼尔站起来说：“谢谢您，基丁老师。我必须要决定该怎么做。”

在尼尔和基丁谈话的时候，查理、诺克斯、皮兹、托德还有卡梅伦正去往他们经常聚会的山洞。大雪纷纷扬扬，像张柔软的白色毯子一样盖住了地上的一切，保护它们不再受肆虐寒风的侵袭。

他们在洞中点燃了蜡烛后，没有发起号召仪式开始朗诵，而是各自散开忙自己的事情。查理吹着悲伤的、旋律优美的萨克斯管。诺克斯坐在一个角落里，一边喃喃自语一边飞快地写着一首情诗，是他准备寄给克莉丝的。托德也在写一些东西，卡梅伦在学习，皮兹站在洞壁边，往上面刻他从书上摘录下来的格言。

过了一会儿，卡梅伦看看表，提醒大家说："再过十分钟就要熄灯了。"但没人动弹。

"你在写什么？"诺克斯问托德。

"我不知道，一首诗吧。"托德说。

"是作业？"

"我不知道。"

卡梅伦看到大家无动于衷，又说："如果现在不走，我们会被学校记过的，伙计们。雪下大了。"查理没有理他，顾自吹着萨克斯管，托德也在埋头写诗，卡梅伦看着他们，耸耸肩，说："我要走了。"说完他自己一个人走出了山洞。

诺克斯念着他写给克莉丝的情诗，突然，他猛地一下把它拍到左腿上，懊恼地说：“见鬼！也不知道我能不能让克莉丝读到这首诗。”

“为什么你不读给她听呢，努安达就是这样做的，很有效果。”皮兹建议道。

“她都不跟我说话，皮兹！”诺克斯叫喊道，“我给她打电话，她甚至都不接。”

“努安达给格罗瑞娅背了首诗，格罗瑞娅就完全手到擒来了……是吧，努安达？”

查理停下来，想了一下，说：“正确。”接着吹他的萨克斯。

这时从远处传来了威尔顿中学的熄灯铃声，查理停了下来，把萨克斯管放进盒子里，招呼大家回去。托德和皮兹收拾起他们的本子，跟着查理走了出去。诺克斯独自站在山洞里，看着自己刚才写的诗，然后猛地把它塞进书里，吹灭蜡烛，跑出了山洞。

诺克斯穿行在树林中，他已下定决心，要把自己的诗拿给克莉丝看。“查理这样做管用，我这么做的话也一定会管用的。”他喃喃自语。

第二天清晨，诺克斯起了个大早。雪下了一夜，地上覆盖上了厚厚的一层，天气异常寒冷，刺骨的西北风仍在吹着。诺克斯穿得厚厚的，他走到宿舍楼前取出自行车，擦干净车上的积雪，把它搬到一条校工已经扫出来了的小径上，登上车，飞速地骑下威尔顿中学的小山丘，朝着里奇伟中学方向而去。

诺克斯到了里奇伟中学后，停好自行车就奔入教学楼，在楼道里急急地寻找克莉丝。他从一个学生那里打听到了克莉丝的班级在二楼，便转过拐角，三步并作两步上了楼。

在二楼，诺克斯看见克莉丝站在储物柜那里和几个女生说话。“克莉丝！”诺克斯喊了一声，朝她跑过去。克莉丝认出是诺克斯后，马上把东西归拢好，转回身对他说：

“诺克斯！你到这儿来干吗？”说着把他拉到一个墙角。

“我来是为了那晚的事向你道歉。还有，我给你写了首诗。”

诺克斯说着拿出一张纸和一束花，花因为受到霜冻而有些枯萎。诺克斯把它们一起递给克莉丝。克莉丝看了看并没有接，她低声说道：“如果让切特看见你，他会杀了你的。你不知道吗？”

“我不在乎。”诺克斯摇着头说，“我爱你，克莉丝。你应该有比切特更优秀的男朋友，我就是那个人。接受我好吗？”

“诺克斯，你疯了。”克莉丝低声嚷道。这时上课铃响了，学生们纷纷跑回了他们自己的教室。

“求你了，我表现得像个傻瓜，我知道。收下它，好吗？”诺克斯乞求地看着克莉丝。

克莉丝看着花，似乎在考虑到底要不要收下它们，可最终她坚决地摇摇头，对诺克斯说：“不，以后不要再来烦我！”说完她走进教室，在身后关上了门。

诺克斯站在那里，手里捧着那束霜打的花和他写给克莉丝的情诗，呆呆地看着克莉丝教室的门。走廊里已经安静下来了，诺克斯犹豫片刻，毅然上前推开了克莉丝教室的门，大踏步走了进去！

学生们正在各自的座位上坐着，一个老师斜倚在课桌上指导一个学生做家庭作业，诺克斯从他的身边挤过去，径直走向克莉丝。

克莉丝急得大叫：“诺克斯！我不相信这一套！”

那位老师和全班学生都惊讶地看着诺克斯。诺克斯毫不理会这一切，他打开手里的那张纸，对克莉丝说：“我只想让你听我读完它。

上帝的杰作，女孩克莉丝，

肌肤如雪，金发如丝，

伸手可触已是幸福的极致；

亲吻她——快乐无以名状。

克莉丝的脸霎时变得通红，她羞得用双手盖住脸。而她的同学们先是互相惊愕地看着，然后几乎都不能抑制地大笑起来。诺克斯不理会这些，继续往下读:

他们创造出一个女神，叫她克莉丝，

怎么做成的？我将永远无法知晓。

虽然我的灵魂远远地落在后面，

但我的爱会熊熊燃烧。

诺克斯就这样读着，好像这间教室里只有他和克莉丝两个人似的。

我从她的微笑中看到甜蜜，

从她的明眸中看到炫目光彩。

生命完满，我心无憾，

只要知道这世上还有她存在。

诗念完了，诺克斯垂下手，看着克莉丝。而克莉丝早已窘迫到了极点，她偷偷地透过指缝向外看诺克斯。诺克斯轻轻地把花和诗放在她的桌子上。

“我爱你，克莉丝。”诺克斯说，转身走出了教室。

## *Chapter 12*... 《仲夏夜之梦》

诺克斯骑着自行车冲出了里奇伟高中，在炫目的雪光中，迎着冷风以最快的速度往威尔顿中学赶。他的同学们正在上基丁的课，他们在基丁的桌子旁拥作一团，笑闹着。

下课铃响了。“好了，同学们，今天到此为止。”基丁说着“咔”一声合上了课本，学生们不满足地大声哀叹着，他们实在不愿意去上下一节麦卡利斯特的拉丁文课。

学生们收拾课本往外走时，基丁叫住了尼尔，对他说：“尼尔，我能跟你谈谈吗？”

等学生都出了教室，基丁问尼尔：“跟你父亲谈了吗？”

“谈了。”尼尔撒了个谎。

“真的？”基丁很高兴地问，“你把昨天的话都和他说了？你让他知道你对演戏的热情了？”

“是的。”尼尔感觉自己的谎越撒越大，他说：“他很不高兴，但至少他同意让我留在剧组里。当然，他不能来看我演出，因为他正好要到芝加哥出差。但是我想他会让我演下去的，只要我的成绩能一直保持优秀。”

尼尔始终不敢看基丁的眼睛，编造这个谎言让他感到太难堪了，以致他都没听到老师问了他些什么。尼尔就这样稀里糊涂说完后，一把抓起书，跟基丁道声再见就赶紧逃也似的离开了。基丁在身后看着他，眼神中充满了疑惑。

诺克斯回到了学校，他把自行车停在教学楼后面的厨房边上。气温虽然很低，他却一点也不感到冷，感觉自己好像打了个大胜仗似的精神抖擞。他一个箭步冲进了厨房，宽敞温暖的厨房里洋溢着食物的香味，他顺手拿了个刚出炉的面包跑了出去。诺克斯跑进教学楼，全班正好下了课，准备去麦卡利斯特老师的教室。

“怎么样？念给她听了吗？”查理看见他，问道。

“当然！”诺克斯笑着，吞下最后一块面包。

“太好了！”皮兹拍拍他肩膀以示祝贺，然后又问他，“她说什么？”

“我不知道。”诺克斯实话实说。

“什么意思，你不知道？”查理迷惑不解地问。

朋友们围着诺克斯逼问他，他没法逃避，只好一五一十地交代，他们簇拥着他进了教室。“很好，诺克斯，一切从头开始了。”查理给他鼓劲。

这个晚上是亨利·霍尔中学《仲夏夜之梦》戏剧的演出之日，死亡诗社的会员们都集合在宿舍楼前厅，他们要等基丁一起去观看演出。只有诺克斯一个人躺在椅子上，他还沉醉在与克莉丝的会面中，一会儿欣喜一会儿困惑的。

“努安达哪去了？我们再不抓紧点就看不到尼尔上场了。”米克斯说道。

“他刚才说要我们弄红点儿。”皮兹说着摇摇头。

“什么意思？”卡梅伦问道。

“你知道他那个人的。”皮兹笑着说。这时查理从楼上跑了下来。

米克斯问他：“弄红点儿是怎么回事？”查理四处张望了一下，然后解开衬衣，只见他的胸前画了一道红色的闪电标志。

“那是什么？”托德问他。

“印第安武士雄性的象征，让我觉得很来劲儿，能让姑娘们为我发疯。”

“可是要真的让他们看见怎么办，努安达？”皮兹问道。

查理眨眨眼，说：“那就更好了！”

“你真的疯了！”卡梅伦对他说。大家准备到楼外去等基丁，当他们走到宿舍楼门口时，一个女孩儿走了进来，竟是克莉丝。

“克莉丝！”诺克斯惊喜地喊道，他的心脏咚咚咚地狂跳，几乎要晕过去了。

“诺克斯，你为什么要对我做这些？”克莉丝走过来大声质问他。

诺克斯慌忙看看四周，赶紧把她拉到一个角落，说：“你不能来这儿！”

这时，基丁走了进来，见大家都在这，便说：“走吧，小伙子们。”

“我马上就到。”诺克斯在他们身后喊道，然后他领着克莉丝走出宿舍楼。外面，大雪纷飞。

“如果他们发现你在这里，我们俩麻烦就大了。”诺克斯说。他的牙齿因为寒冷不住地打战。

“哦，那你冲进我学校，害我那么难堪就对了吗？”克莉丝喊道。

“嘘，低声点。听着，我没想让你难堪。”诺克斯辩解道。

“是吗，可结果是那样！切特后来知道了，他大发雷霆，我尽全力才阻止住他来这里杀你。你以后别干这种傻事了，诺克斯！”

“但是我爱你。”

“你一遍遍地说你爱我，可你甚至都不了解我！”

远处，基丁他们已经坐在校车里，按喇叭催促诺克斯了。“你们先走，我一会儿就赶过去。”诺克斯朝他们高声喊道。车开走了，诺克斯回头对克莉丝说：“我当然了解你！从第一次我看见你时，我就知道你有一颗美丽的心。”

“仅仅如此你就了解了？”克莉丝说。

“当然。再说你怎么就认为你任何时候都是对的呢。”

“那如果正好你错了呢？如果我对你一点儿兴趣都没有呢？”

“那你就不会到这里来，提醒我当心切特。”诺克斯说。

克莉丝一时语塞了，顿了一下，说：“瞧，我得走了，看戏要迟到了。”

“跟他一起去吗？”

“和切特，去看戏？你开玩笑吗？”

“那就跟我去吧。”诺克斯说。

“诺克斯，你真是气死人了。”

“就给我一次机会。如果过了今晚你还不喜欢我，我绝不再打扰你。”

“啊哈。”克莉丝不相信地笑笑。

“我保证，以死亡诗社的荣誉保证，你今晚跟我去，之后如果你不想再见到我，我发誓我会退出。”

克莉丝犹豫片刻，还是有些不放心，说：“天哪，要是切特知道了他会……”

“切特什么都不会知道的。我们坐在剧院的最后边，戏一演完我们马上就溜出去。”诺克斯赶紧趁热打铁。

“诺克斯，你真的保证这是最后一次……”

“以死亡诗社的荣誉。”诺克斯举起手。

“这是什么意思？”克莉丝问。

诺克斯用手指在胸前画了个十字，诚挚地看着克莉丝，说：“我的誓词。”克莉丝实在没办法了，只好叹口气，跟着诺克斯一起朝亨利·霍尔中学赶去。

诺克斯和克莉丝赶到亨利·霍尔中学的礼堂时，基丁他们已经坐下很久了。他们在礼堂的前边，当看见诺克斯和克莉丝一起坐在后面时，都向他投以鼓励的目光。

舞台上，表演已经开始，尼尔头戴花冠，以“帕克”的角色上了场，死亡诗社的会员们都大声为他喝彩。尼尔怯怯地扫视了一眼观众席，看见托德用手画着十字在为他祈祷。

“喂，精灵！你漂流到哪里去？”尼尔开始了他的台词。

一个扮演仙人的演员回应道：“越过了河谷和山陵，穿过了荆棘和树丛……”基丁看了一眼观众席上他的几个学生，然后朝着尼尔翘起大拇指。

尼尔继续说：“你说得正是，我就是那个快活的夜游者。我在奥布朗跟前想出种种笑话来逗他发笑，看见一头肥胖精壮的马儿，我就学着雌马的嘶声把它迷昏了头……”

尼尔说着早已背得滚瓜烂熟的台词，不断地逗大家发笑，他也享受着这一刻给他带来的愉悦。他的朋友们都在聚精会神地看着他的表演，托德默默地和尼尔一起说台词，好像这样可以帮助尼尔顺利通过似的，但显然尼尔并不需要帮助。

“尼尔真棒！他太棒了！”查理兴奋地低声嚷道。

舞台上已演到“拉山德”和“赫米娅”的戏，“赫米娅”由金妮·丹伯利扮演，她穿着一件用树叶和嫩枝做成的衣服，显得非常妩媚。

“一块草地可以做我们俩人枕着的地方;两副胸膛一条心，应该合睡一个眠床。”

“哎，不要，亲爱的拉山德，为了我的缘故，亲爱的，再躺远一些；不要挨得那么近。”“赫米娅”说。

台下查理飞快地浏览着节目单，他想知道这个扮演“赫米娅”的姑娘叫什么名字。“金妮·丹伯利！她真是太美了！”查理看着金妮身上那件由树叶和嫩枝做成的衣服，不由得暗暗叫道。

“但是好朋友，为着爱情和礼貌的缘故，请睡得远一些：在人间的礼法上，保持这样的距离对于洁身自好的单身男女来说，是最为合适的。这么远就行了。晚安，亲爱的朋友。愿爱情永无更改，直到你生命的尽头！”

台上金妮和“拉山德”在投入地演着，台下查理入迷地看着她。尼尔这时也站在舞台的侧面四下张望着，突然，他看见父亲走进礼堂，吓得他赶紧往后退，心开始咚咚狂跳起来，但他尽力稳住自己，不让慌张表现出来。

“拉山德”和金妮的片断要结束了。“这儿是我的床，但愿睡眠能给予你充分的休养！”“拉山德”说。

“我愿和你一起分享这个愿望！”“赫米娅”说。

他们躺在舞台上，一起睡去。这时音乐响起，该是尼尔再次出场的时候了。

尼尔的表演热情奔放，他在舞台上尽情地释放着激情，观众们陶醉其中，他自己也陶醉了。台上的演员们最后以慢镜头的方式舞蹈，“赫米娅”尤其显得妩媚动人，查理完全被她迷住了。基丁他们都出神地看着戏，由衷地为尼尔高兴。而诺克斯大部分时间都在看着克莉丝，克莉丝也感觉她自己开始对诺克斯有了一点点感觉，但她尽力不表现出来。

音乐声落下，戏剧结束了。尼尔穿着“帕克”的服装只身站在舞台上向全场观众致词，但其实他是对一直站在礼堂最后面的父亲说的:

要是我们这辈影子，
有拂了诸位的尊意，
就请你们这样思量，
一切便可得到补偿;
这种种幻景的显现，
不过是梦中的妄念;
这一段无聊的情节，

真同诞梦一样无力。

先生们，请不要见笑！

倘蒙原宥，定当补报。

万一我们幸而免脱，

这一遭嘘嘘的指斥，

我们决不记忆大恩，

帕克生平不会骗人。

否则尽管骂我浑蛋。

我帕克祝大家晚安。

再会了！肯赏个脸儿的话，

就请拍两下手，多谢多谢！

尼尔的独白完了，帷幕落下。尼尔的朋友们这时再也不怀疑他的演员天赋了，他们带头长时间地热烈鼓掌，所有的观众也跟着他们一起鼓掌。大家向尼尔和全体演员欢呼着，要求他们再一次谢幕。

演员们一次一次地向大家鞠着躬。金妮也赢得了如雷的掌声，查理一边鼓掌一边大声地向她叫着好，金妮注意到了查理，并对他报以微笑。诺克斯看着克莉丝，慢慢抓住了她的手，这次克莉丝没有再阻止他。

当尼尔走出来向大家谢幕时，他的朋友们向他大声欢呼，狂热地鼓着掌。谢幕完毕，有几个人冲上去向他们表示祝贺。

这时喇叭里传来了导演的声音："请全体演员到前厅，你们的家人和朋友们在那里等你们！"

托德他们几个对尼尔喊道："尼尔！我们在前厅见。你太棒了！"

舞台上，金妮被祝贺的人群团团围住，查理也赶紧跳上了舞台。"你演得真棒！"一个男孩儿对金妮说。那个演"拉山德"的男演员把胳膊搭在金妮的肩膀上，也对她说："祝贺你，金妮！"然后与她拥抱。查理奋力朝金妮挤过去。

到了金妮跟前后，查理诚挚地对金妮说："明亮的光芒在你眼中闪耀。"金妮明白这是他的真心话，也微笑着看着他，他们就这样互相凝视着对方。"拉山德"看着他们，尴尬地笑着离开。

在后台的男化妆室，兴高采烈的演员们把尼尔举到肩膀上，庆贺他出色的表演。这时导演匆匆地走进化妆室，脸上现出焦急的神色。

"尼尔，你父亲。"她走到尼尔跟前低声对他说。尼尔心头一震，赶忙从朋友们的肩膀上跳下来，跟着导演往外走。他边走边穿外套，到了舞台侧面，看见父亲站在礼堂的后面。尼尔跳下舞台，摘掉头上的花冠，慢慢朝他父亲走去。

查理看见了尼尔，喊道："尼尔？"但尼尔没回答，径直朝后面走去。查理顺着尼尔的方向看见了尼尔父亲，他马上意识到可能要出事，赶紧抓起金妮的手，带着她跳下舞台。

这边，基丁和他的那些学生正在前厅等着尼尔，诺克斯走了过来，向大家介绍他身边的克莉丝："嗨，各位，这是克莉丝。"

"哇，我们早就听说过你了！"米克斯大声说，他发现诺克斯盯着他，心想自己是不是说漏了什么，于是赶紧补充道，"我的意思是……你知道……我的意思是……"米克斯结结巴巴不知道该说些什么。

突然，前厅的门猛地被推开，培瑞先生怒气冲冲地从礼堂里面朝前门走来，尼尔像个囚徒一样地跟在他后面，查理和金妮也急匆匆地跟在后面。人们看到尼尔出来，顿时向尼尔涌过去，大声喊着向他祝贺。托德也尽力挤上前，想要去迎接他的朋友。

“尼尔，太棒了！尼尔！”托德大声喊道。

“我们要举行一个晚会！”诺克斯朝尼尔喊道。

尼尔转过身，脸色黯淡地说：“没用了。”

基丁走过来，亲切地把手搭在尼尔的肩膀上，微笑着对他说：“尼尔，真不错！”

培瑞先生猛地把基丁的手从尼尔肩膀上推开，大喊道：“你！离他远点！”大家都惊得说不出话来。培瑞先生拉着尼尔出了礼堂，走到自己的汽车旁，一把把他推了进去。查理想要跟上去，但基丁把他拽住，说：

“别把事情越弄越糟。”

培瑞先生很快发动起车子朝校外开去，托德不由得尖叫一声：“尼尔！”透过车窗，大家看到尼尔就像是一个正被押往刑场的囚犯一样可怜。

死亡诗社的会员们都沉默地站在那里没有动。过了半晌，查理才问基丁：“我们要回去吗？”

“当然。”基丁转回身看看“死亡诗人”们，然后带着克莉丝，金妮一起走出礼堂前厅，消失在寒冷、茫茫的黑夜中。

# Chapter 13… 被梦想掀翻

在尼尔家狭小沉闷的书房中，他的母亲坐在一个角落里，眼含泪水叹息着。培瑞先生则僵硬地坐在书桌旁。

尼尔打开门走了进来，仍旧穿着舞台上“帕克”的服装，显然他刚才也哭过，眼睛还红肿着。他看了眼母亲，想要说话，可刚开口父亲就打断了他。

“儿子，我们一直在想你为什么偏偏要违背我们的意思，但不管是什么原因，我们不会让你毁了自己一生。明天我就让你从这个学校退学，插入布雷登军校。你要上哈佛，以后要成为一名医生。”

眼泪马上又从尼尔红肿的眼睛中涌出，他恳求道：“爸爸，那还要十多年的时间啊，你不明白吗，那太漫长了！”

“你有很好的机会，我做梦都没想过的好机会！”培瑞先生大声呵斥道，“我不会让你错过。”说完他大步走出书房。

尼尔的妈妈抬起头看着他，好像要说些什么，但又什么也没说，也站起来跟着丈夫走出了书房。

剩下尼尔一个人站在屋里，他感觉自己所有的情感都枯竭了，所有的希望都破灭了。

查理他们还有金妮和克莉丝一行没有直接回学校，而是临时决定去山洞。到了洞里，为了取暖，他们围着那盏尼尔带来的“山洞之神”烛台紧紧地挤在一起。烛台上明亮的火苗跳跃着，查理手里举着半杯葡萄酒，一个空酒瓶躺在他脚边的地上，大家都闷闷不乐地盯着火苗，心想着尼尔现在不知怎样了。

克莉丝说：“诺克斯，现在我必须得回家了，切特可能会给我打电话的。”

“只是一小会儿。”诺克斯紧紧地拉着她的手，“你承诺过的。”

“你真是气死人了！”克莉丝似笑非笑地说。

“卡梅伦哪去了？”米克斯问。

查理喝了一口酒，说：“谁知道？管他呢！”

托德突然跳起来，用拳头擂着墙，发狠地说：“下次让我看见尼尔的爸爸，我要揍他，我才不管后果是什么！”

“别犯傻。”皮兹劝道。

托德焦躁地在山洞中走来走去。基丁老师从洞外探头进来，他身后的月光照亮了他的脸。

“基丁老师！”男孩们惊声叫道。

查理反应快，赶紧藏起了酒瓶和酒杯。“找到你们了。”基丁说，“我们不能这么闷闷不乐的，尼尔要知道的话也不想我们因为他而这样。”

“为什么我们不为了他的成功而举行一次会议呢！船长，你来主持？”查理建议。其他几个人也纷纷点头表示同意。

“小伙子们，我不知道……”基丁有些犹豫。

“来吧，基丁老师，请……”米克斯说。

基丁看着他们期盼的目光，说：“好吧，但是要简略一点。”他低头酝酿了一下，然后开始：“我步入丛林，因为我希望活得有意义，我希望活得深刻，吸取生命中所有精华！击溃一切非生命的东西。以免当我生命终结时，才发现自己从来没有活过。”他顿了顿，说，“一首爱德华·埃斯特林·卡明斯的诗：

潜水的梦想

或一个口号可能掀翻你
（树是他们的根部
和风对气）
若火生海面
相信你的心
（就算时空倒流
爱也与你同在）
尊重过去
也要迎接未来
（在婚礼上跳舞赶跑死亡）
不用介意世界上有坏人和英雄
（神喜欢姑娘们
喜欢未来，喜欢人间）

基丁朗诵完了，他看看大家，问：“下面谁来读？”没有人回答。“来吧小伙子们，不要害羞。”他鼓励着大家。

“我有些东西要念。”托德站了起来。

“就是你一直在写的那些？”查理问他。

托德点点头，说：“是的。”

托德竟然自告奋勇读诗，这令朋友们都非常惊讶。他往前一步，从口袋中拿出几张有些发皱的纸，把它们分发给每一个人。

“请大家在我停顿时读上面的文字。”托德说完，便拿起他自己手里的诗读了起来:

我们在梦想着明天，可明天还没有到;
我们梦想着自己的荣耀，
但其实我们并不需要。
我们梦想着新的一天，
而新的一天已经到来。
当我们必须要战斗时，
我们却从战斗中逃跑。

读到这里托德向大家点点头，示意大家读。“我们依旧在沉睡。”大家一起齐声读。然后托德继续:

我们倾听呼唤，
但却从来没有真正留神，
我们期待着未来，
但只停留在计划

我们梦想着智慧，

但却每天都在躲避它，

我们向上帝祈祷，

可真正的救世主是我们自己。

我们依旧在沉睡。

我们依旧在沉睡。

我们依旧在祈祷。

我们依旧在担忧……

托德顿了一顿，读完最后一句：“我们依旧在沉睡。”托德把纸张折起来。洞中先是一阵寂静，紧接着爆发出如雷的掌声。

“太棒了！”米克斯喊道。大家都拍着托德的肩向他祝贺，托德面带笑容，谦虚地接受着大家的赞美。基丁也微笑着看着这个取得巨大进步的学生，为他自豪。基丁从洞顶上掰下一块悬挂着的球形冰块，用读诗一般的语调吟诵道：“我手里拿着一个水晶球，在里面，我看见了托德·安德森的了不起。”

托德看着基丁老师，默默地走上去，用力与基丁拥抱在一起。

基丁拍拍他，然后看着大家，说："现在，开始朗诵维切尔·林赛的《威廉·布斯将军进天堂》。当我停顿的时候，你们要念：'你们可曾受到耶稣鲜血的洗礼？'"

基丁开始吟诵这首诗："布斯敲着铜鼓勇敢向前进……"其他人齐声朗读："你们可曾受到耶稣鲜血的洗礼？"基丁向洞外走去，大家都跟在后面，就这样，他们在林中一路走一路读着诗……

当朋友们在山洞中为尼尔的成功祝贺时，尼尔正独自默默地坐在黑暗的家中。他一动不动地看着窗外，脸上没有任何表情，激情已经从他身体中流干，此刻他觉得自己只剩下一个非常脆弱的空壳，一片雪花都能把他压倒。

# Chapter 14… “你们可曾受到耶稣鲜血的洗礼？”

皓月当空，繁星点点，没有一丝乌云。威尔顿中学的男孩子们，金妮，还有克莉丝一起跟着基丁在夜色下走着。林中的树枝上挂着雪亮的冰条，严寒和大雪让贫瘠的树林变成了一个光闪闪的钻石世界。他们边走边听基丁吟诗，“圣人们庄重地微笑着，说：‘他来了……’”

“你们可曾受到耶稣鲜血的洗礼？”大家齐声说。

“麻风病患者一排排地跟在后面，亡命徒东倒西歪地从潮湿的阴沟中爬出，妓女从小巷中走出，吸毒者脸色苍白，头脑狂热，灵魂脆弱……”

“你们可曾受到耶稣鲜血的洗礼？”大家再一次齐声说。

当基丁他们在林中吟诗时，在尼尔的家中，却有一种不祥的死寂悄悄地酝酿着。尼尔父母上了床，他们关掉卧室的灯准备睡觉，全然没有注意到另一扇门打开了。尼尔走到走廊中，转过弯角，悄无声息地下了楼。

月光照亮了培瑞先生的书房。尼尔走到书桌旁，拉开上面的抽屉，把手伸到最里面取出了把钥匙，用它打开了桌子最底下的抽屉，从里面取出了样东西。做完这一切后，他平静地坐在书桌前的皮椅子上，拿起桌上放着的那个他扮演“帕克”时戴过的花冠，把它戴在头上。

另一边，诗社一行人走到了一座瀑布前。这座瀑布已经被冻住了，呈现出一种很奇特的造型，似乎是在公然对抗地心引力的铁律。夜空如洗，明澈得令人难以置信。月光照到积雪上，在地面反射出一种奇怪的蓝光来。基丁继续吟诵着诗：

基督轻轻到来，穿着长袍，戴着王冠，人群跪下。
战士布斯看见了基督王，他们面对面，彼此凝望，
他哭泣着跪在这神圣的地方。

“你们可曾受到耶稣鲜血的洗礼？”大家齐声说。

月光，玄秘的瀑布奇观，具有魔力的诗，这三者汇合在一起，创造出一种迷幻的境界，大家都不由自主地舞动起来，在雪中尽情地狂欢着。

诺克斯和克莉丝渐渐与人群分离，在由月光造出来的薄纱中，他们拥吻在一起，温柔而又热烈。

尼尔父母正在熟睡中，突然，一声短促的响声打破了夜的宁静，培瑞先生猛地被惊醒。“什么声音？”他惊惶地问。

他妻子还没有完全醒过来，“什么？”她迷迷糊糊地问。

“什么声音？你没听到？”

“什么声音？”

培瑞先生跳下床，奔到走廊里。他来回走了一圈，没发现什么异常，就又进了尼尔的房间，看见没有人后，他赶紧出来往楼下跑去。尼尔母亲穿着睡袍，挥动着手臂急急地跟在后面。

培瑞先生冲进书房打开灯四下察看，一切似乎都很正常。就在他要转身离去时，他猛然看见地毯上有一个泛着黑光的物件——他的左轮手枪！他一下怔住了，但瞬间又好像明白了什么，他匆忙绕过桌子跑到后面。地上一只苍白的手映入他的眼帘，培瑞先生顿时倒抽一口冷气。

尼尔躺在血泊中，已经气绝。培瑞先生颤抖着跪下，抱起了他。尼尔母亲这时也跑到了桌子后面，看见这血淋淋的一幕，她浑身发软，随后发出一声撕心裂肺的号叫。

“不！”培瑞先生大声哭喊着，“不！”

基丁先生和那群男孩先把两个女孩送回家，又往威尔顿中学赶。等他们回到学校时，已是凌晨时分。

“我实在是没劲了，筋疲力尽了。”托德边说边进了自己宿舍，“我要一觉睡到中午。”

但是第二天一大早，查理、诺克斯和米克斯就跑进了托德的屋子，他们看上去似乎受到了某种巨大的惊吓，脸色都变得苍白。托德还在沉睡，均匀地打着鼾。

“托德，托德。”查理轻声而又焦急地叫道。

托德睁开眼睛坐起来，他看上去仍然十分疲倦。过了一会儿，他的眼睛才适应了光亮。也许是太累了，他又闭上眼睛重新躺下，然后摸索着找到他的小闹钟，眯着眼看了下时间。

“现在才八点，我还要睡一会。”他说着掀起被子盖住了头，但忽然意识到有什么不对劲，因为他的朋友们还在原地站着，都不说话。他感到肯定发生什么事了，于是一骨碌坐起来，睁圆眼睛看着大家。

“托德，尼尔死了，他自杀了。”查理悲痛地说。

托德脑袋嗡了一下，他不相信地看了大家一会儿，然后猛地从床上跳下来，嘴里喊着：“啊，我的天哪！啊，尼尔！”他边喊边跌跌撞撞地跑到走廊外，一头冲进洗漱室，蹲在马桶前呕吐起来。朋友们都不知道该怎么劝他，茫然地站在外面，

到最后托德觉得自己的胃都快要吐出来了，他走到洗脸池前，用冷水漱了漱口。泪水汹涌而出，他哭喊着说：“必须要让人知道这是他父亲干的！尼尔是不会自杀的！他那么热爱生活！”

“你不会真的认为是他父亲……”诺克斯低声说。

“不是用枪！”托德大喊，“见鬼，就算那个浑蛋没有扣动扳机，他……”他哽咽地说不下去了。缓和了一下自己的情绪后，托德又说：“就算他父亲没有扣动扳机，也是他杀了尼尔。人们必须要知道这个！”托德情绪失控，他号啕大哭，靠在墙上大声喊着：“尼尔！尼尔！”

此刻，基丁老师还以为孩子们尚不知道尼尔的死讯，他

一个人坐在空荡荡的教室里，努力控制着自己的情绪，使自己不哭出来。他抬眼看看尼尔的座位，站起来慢慢走过去，打开尼尔的桌子，看见里面放着一本书，正是他送给尼尔的那本封皮已经磨损得很旧的诗集。基丁打开诗集，映入他眼帘的是他亲手写的“死亡诗社”四个大字。看到这，基丁再也抑制不住自己的情感，他沉重地坐到尼尔的座位上，无声地痛哭起来。

第二天早晨，天气阴沉而寒冷，尼尔今天要出殡。送葬队伍的最前面是学校的那名风笛手，他吹着挽歌带领着人们一路朝坟墓走去。刺骨的冷风卷着风和雪，不住地往人们衣领和袖口里灌。

尼尔被葬在威尔顿镇上，他的棺材由他昔日的朋友们抬着。尼尔母亲脸上蒙着黑纱，她和培瑞先生一起看着送葬的队伍，他们脸上没有任何表情，似乎已经被巨大的悲痛击晕了。诺兰校长，基丁，以及其他教师都肃穆地站在一旁。

葬礼结束后，学校全体师生到校内的礼拜堂集合开会，老师们，包括基丁，都沿墙站着，学生们都坐在下面的座位上。礼拜堂内先合唱赞美诗，然后由牧师讲话：

“全能的主啊，请赐予我们恩典，求你垂顾他，接纳他，于永光之中。保佑尼尔，让他不受到伤害，指引并关爱他，注视他并赐予他安宁，现在，直到永远。阿门。”

“阿门。”大家一起念诵。

牧师说完后，诺兰校长开始讲话：

“先生们，尼尔·培瑞的死是个悲剧。他是本校最优秀的学生之一，我们将会永远怀念他。我们已经和所有的家长联系过，解释这件事，当然，他们都很关注。应尼尔家长的要求，我打算深入调查这件事，希望你们能全面配合。”

散会后，学生们排成纵队默默地走出教堂。查理、诺克斯、托德、皮兹、米克斯、还有卡梅伦一起出来后，朝另一个方向走去……

稍后，这群人除了卡梅伦和米克斯以外，都聚到了他们宿舍楼底下的一个地下室中。这是一间行李室，里面充满了各种废旧物品。过了一会儿，米克斯走了进来。

“我找不到他。”进来后，米克斯摇着头对大家说。

“你跟他说聚会的事了吗？”查理问米克斯。

“我跟他说了两遍。”米克斯说。

“这就对了。妈的！”查理挥着手说。他跑到窗户前，朝草坪那边的行政楼张望，然后转回身对大家说：“这就对了，伙计们，我们全被出卖了。”

“什么意思？”皮兹问他。

“卡梅伦这个叛徒！他现在正在诺兰办公室告密！”

“告什么？”皮兹慌张地问。

“诗社。好好想想吧，皮兹。”皮兹和其他人都困惑地看着他。查理解释道：“学校垮台就因为这种事，他们要找个替罪羊。”

听到查理这样说，大家都面面相觑，不知所措。这时，他们听到走廊里有开门的声音。诺克斯奔到门边，朝外看去，见是卡梅伦，便跨出一步，向卡梅伦招手，示意他过来。

“卡梅伦！”他压低声音喊道。卡梅伦看到诺克斯，迟疑了一下，但还是走过来跟着诺克斯进了行李间。

“出什么事了，伙计们？”看到大家都盯着他看，卡梅伦故作镇定地问。

查理扑过来抓住卡梅伦的衣领，怒声问他：“你去告密了，是不是，卡梅伦？”

卡梅伦挣脱他，说：“滚开，蠢货！我不知道你在说什么？”

“我说的是，你刚才是不是告诉诺兰所有关于诗社的事了？”查理愤怒地喊道。

“也许你没有听说过，道尔顿，学校有条信誉准则，如果老师问你一件事情，你就要如实回答，不然就会被开除。”

查理又朝卡梅伦扑过去，嘴里喊道：“你为什么……”

“查理……”诺克斯和米克斯赶紧上前一起把查理拉开。

“他是个叛徒！他知道自己参加了诗社，脱不了干系，所以就去告密想救自己。”查理大喊。

“不要打他，查理。不然你要被开除的。”诺克斯提醒查理。

“反正我也要被开除了。”查理说着一把把诺克斯推开。

“他说的对。如果你们够聪明，你们会照我的做，跟他们合作。他们并不想追究我们，我们是受害者，我们和尼尔。”

“你是什么意思？他们在追究谁？”查理大声问。

“哼，当然是基丁老师了。‘船长’本人。你好好想想，他能逃脱责任吗？”卡梅伦说。

“基丁老师？要为尼尔的死负责？他们是这么说的？”查理气愤地喊，同时把诺克斯和米克斯拦阻他的手拨开。

“那你以为还有谁？蠢货。校长？培瑞先生？是基丁把我们灌输成这样的，不是吗？如果不是他，尼尔还舒舒服服地待在屋里，学化学，梦想着以后成为医生呢！”卡梅伦叫喊着，脸上充满鄙夷的神色。

“不是这样的！”托德在旁边气愤地叫道，“基丁老师并没有告诉尼尔要做什么，是尼尔自己喜欢演戏。”

“随你们怎么想吧。”卡梅伦耸耸肩，“反正我说基丁有责任，干吗毁了我们自己呢？”

“你这个婊子养的！”查理猛然冲上去照着卡梅伦的下颌重重地击了一拳，一下子把卡梅伦打得坐在地上。查理接着又骑到卡梅伦身上准备痛打他。

“查理！”诺克斯大喊一声，随即跑上去把查理拽开。

卡梅伦趴在地上，摸着被打伤的脸颊和流血的鼻子，咧嘴笑了笑，恨声说道：“你已经被学校开除了，努安达。”查理没有再理会他，转身走了出去。其他人也跟着出了行李间。

剩下卡梅伦一个人躺在地上，他在后面大喊道：“如果你们这些家伙还有点儿脑子的话，就照我的做。反正他们也全知道了，你们救不了基丁，但你们还能救你们自己！”

# *Chapter 15*... 离别仪式

在尼尔和托德的宿舍内，尼尔的床上和桌子上已经空无一物。托德坐在窗前盯着校园那一边的行政楼看，只见米克斯由哈格博士护送着，朝宿舍楼这边走过来。

估计米克斯他们上了楼，托德赶紧跑到门前，拉开门，从门缝中向外偷看。米克斯和哈格进了走廊后，米克斯径直朝自己的宿舍走去，哈格在走廊里等着。

米克斯从托德身边走过时，托德看见米克斯泪流满面，他没有看托德，走回自己宿舍后砰一声在身后关上了门。

这时，只听哈格博士在走廊里喊道："诺克斯·奥佛史区。"声音中充满了不耐烦。

诺克斯从房间内出来，跟哈格一起出了宿舍楼，朝行政楼那边走去。

托德等了几分钟，然后出来跑到米克斯的房间门前，敲敲门，低声喊：“米克斯，我是托德。”

“走开，我得看书。”米克斯的声音听上去刺耳又嘶哑。

托德不再敲门，他已经意识到所发生的事。但他想知道查理的情况，便又隔着门问：“查理怎么样了？”

“被开除了。”米克斯语气平板。

托德顿时怔住了，他赶紧问：“你跟他们说了什么？”

“都是他们已经知道的东西。”米克斯说。

托德转身回到自己房间，跑到窗户前，这时恰好诺克斯由哈格护送着往宿舍楼这边走。托德又回到门边偷偷地瞄走廊外，看见诺克斯和哈格走进来，诺克斯的下巴在颤抖着，已经快要哭了，他快步跑回自己的宿舍，悄无声息地关上门。托德也关上门，靠在墙上，他意识到诺克斯也已经被攻破了，这让他感到非常震惊。这时他听到有人在叫自己的名字。

“托德 · 安德森。”是哈格的声音。托德深呼吸一下，抬头看看天花板，然后打开门，慢慢朝哈格走过去。

托德跟着哈格博士一路朝行政楼走去。哈格拖着脚走着，气喘吁吁的，显然是不住地来回奔走所致。到了行政楼外，他停下来喘了口气，调匀了呼吸，才带着托德走进大楼。

诺兰校长的办公室在二楼，托德跟着哈格走上楼梯，那感觉就像在往绞刑架上走似的。

一进诺兰的办公室，托德就看见自己的父母亲竟然就在诺兰旁边坐着，这让他大吃一惊。

“爸爸，妈妈。”托德叫道，诧异地看着父母。

“请坐，安德森。”诺兰命令道。

托德坐在诺兰桌前的一张空椅子上，他看看父母，父母面目冷峻地坐在那里。一颗汗珠从托德额头上滚落下来，滴到了衬衣上。

诺兰看着他，严厉地问道：“安德森，我想我们已经很清楚发生的事了，你承认你是死亡诗社的一员吗？”

托德看看自己的父母，又看看诺兰，闭上了眼睛。这时他听到父亲怒吼：

“回答！”

“是的。”托德低声说。

“我听不见，托德。”诺兰说道。

“是的，校长。”托德重复道，声音依然很低。

诺兰看看托德，又看看托德的父母，拿起桌上的一份文件，对托德说：“我这里有一份你们聚会的详细描述，里面谈到你们的老师基丁是如何怂恿你们组织一个团体，并把它作为一个煽动鲁莽任性行为的中心。还谈到基丁老师，是如何在课内课外，怂恿尼尔·培瑞去演戏，尽管他明明知道，这是违背他父母意愿的。正是基丁老师滥用了他作为一个老师的影响力，才导致了尼尔的死亡。”

诺兰把这份文件递给托德，说：“你仔细读读这份文件，如果没有什么要补充或修改的，就在上面签字。”

托德拿过文件，久久地看着，拿文件的手不住地颤抖着。末了他问诺兰：“基丁老师……会……会怎么样？”

托德父亲再也忍不住了，他站起来对托德挥舞着拳头，怒喊道：“那与你有什么关系？”

“好了，安德森先生，你请坐。我来告诉他。”诺兰转向托德，说：“至于基丁是否触犯了法律，我们现在还不清楚。如果他触犯了，他将会被提起公诉。我们所能做的，当然还有你们以及其他所有签字的人，就是要确保一点——基丁永远不能再教书。”

“永远不能……再教书……？”托德颤抖地说。

托德父亲又站起来，走到托德身边，大吼道：“我真是受够了！签字，托德！”

“签吧，孩子。”他的妈妈也颤声说，“就算为了我们。”

“但是……教书就是他的生命！那对他来说意味着一切！”托德哭喊着说。

“你关心的是什么？”托德父亲大吼。

“你关心过我什么？他关心我！你没有！”托德也怒声喊道。

托德父亲脸气得发白，他猛然站起来，拿起一支笔，对托德命令道:“签字，托德。”

托德摇摇头，说:“我不签！”

“托德！”他的母亲在旁边啜泣起来。

“这根本不是事实！我不签。”

托德父亲抓起笔直接塞进托德的手里。诺兰站起来，说:

“好了，我们不需要他的签名。后果他自负。”诺兰说着，绕过办公桌走到托德面前，说，“你以为你能救基丁？你看看这个，小伙子。”诺兰指着手里的文件，“我们有所有其他参与者的签名。如果你不签，在今年剩下的时间里，你将会受到留校察看处分。每天下午和每个周末，你都要进行劳动惩戒。而且，如果你敢离开校园，你将会被开除。”

说完，他看着托德，等着他改变主意。托德父母亲也看着托德。托德沉默了一会儿，说:

“我不签。”语气很轻但很坚决。

“那么下课后再过来。现在出去。”诺兰说完转过身，不再看托德。

托德站起来走了出去。诺兰看着托德的父母，托德父亲尴尬地说："对不起，诺兰校长。我无能为力，这是我们的错。"他低头看着地板，又说，"我们不应该送他来这儿。"

"胡说。男孩子这个年龄是很容易受影响的。我们会说服他的。"诺兰说。

第二天早晨，麦卡利斯特带着学生穿过白雪覆盖的校园，他们边走边背诵着拉丁文动词。麦卡利斯特不经意抬头时看见了基丁，基丁正在自己的宿舍窗前孤独地朝外眺望。他们两人的目光短暂地触碰了一下又马上分开，麦卡利斯特转回身，深呼吸一口气，继续朝前走去。

基丁看着麦卡利斯特的背影，缓缓离开窗前。他走到书架前，开始一本一本地往下取那些他热爱的诗集——拜伦，惠特曼，华兹华斯。随后他又叹了口气，把它们都放回了原处。他提起自己的小手提箱，走到这间袖珍宿舍的门前，回头最后望了一眼屋内的陈设，转身走出了屋子。

当基丁在屋内收拾自己的行李时，他的学生们正在上英语课。托德呆呆地坐在座位上，眼睛低垂，从今天上课一开始，他就是这个姿势一动没动。而诺克斯、米克斯和皮兹则看上去很羞愧的样子，不自然地坐在座位上。诗社的会员们大都显得很难为情，他们甚至都不敢抬头看其他人一眼。只有卡梅伦还算正常，他安静地看着书，好像什么事也没发生过似的。

尼尔和查理的座位是空的，这在教室中显得非常惹人眼目。

教室的门开了，诺兰校长走了进来，学生们赶紧起立。诺兰走到前面坐到老师的位子上，学生们也跟着坐下。诺兰扫了全班一眼，说："这学期的英语课，由我来上完。假期的时候再找一个正式的英语老师。好了，我们上课。谁能告诉我这本普里查德的课本你们学到哪了？"

诺兰看着全班，但没有人举手回答。

"安德森？"诺兰盯着托德·安德森。

"普里……查德……"托德一边小声重复着一边手忙脚乱地翻着书。

"你说什么？安德森？"诺兰问道。

"我……认为……我们……"托德几乎是在耳语。

诺兰被他搞烦了，不再问他，转向卡梅伦，说："卡梅伦同学，请你告诉我。"

"很多地方都跳过去了，老师。学了浪漫主义诗人，还有内战后文学的几章。"卡梅伦回答。

"现实主义作家呢？"诺兰问。

"差不多全跳过去了。"卡梅伦回答。

诺兰看看卡梅伦，又看看全班，说："那好吧，我们从头学起。什么是诗？”说完他等着学生回答，但又没有人主动举手。这时，教室的门突然开了，基丁走了进来。

“我来拿一些我的私人物品，要不要我下课再来？”基丁对诺兰说。

“现在就拿吧，基丁先生。”诺兰不耐烦地说。然后他对全班说：“同学们，翻到前言第二十一页，卡梅伦，把普里查特博士这篇题为‘诗歌鉴赏’的文章念一遍。”

“诺兰校长，那一页已经被撕了。”卡梅伦说。

“那么借别人的书。”诺兰开始失去耐性。

“他们全都撕了。”卡梅伦回答。

诺兰恼怒地看了一眼基丁，问卡梅伦：“全都撕了，你什么意思？”

“老师，我们……”卡梅伦吞吞吐吐地说。

“没关系，卡梅伦。”诺兰说着把自己的书丢给了他，然后大声命令道，“读！”

“‘诗歌鉴赏，作者J.埃文·普里查德博士。要完全理解诗歌，我们首先必须了解它的格调，韵律，和修辞手法。然后提两个问题：第一，诗歌的主题是如何艺术地实现的？……’”

卡梅伦在读着文章，基丁在房间一角的橱柜边上收拾自己的东西。他抬眼看了看自己的学生们，他看见托德两眼充满了泪水，而诺克斯、米克斯、皮兹……他们都羞愧得不敢同他对视，但尽管如此，他们的眼神中仍然流露出对基丁的依依不舍之情，基丁轻轻叹了口气。诺兰恰好在基丁走进来时让学生朗读普里查德的文章，这真是绝佳的讽刺。基丁收拾完自己的东西，提着它们往门口走去。就在他刚到门口时，托德突然大喊一声："基丁老师。"

卡梅伦惊愕得停止了朗读。

"是他们逼我们签字的！"托德站起来说。

诺兰恼怒地站起来，冲托德大喊："安静，安德森。"

"基丁老师，"托德继续说，"真的，您一定要相信我！"

"我相信你，托德。"基丁轻声说。

诺兰勃然大怒，对基丁大喊："走吧，基丁先生！"

"这不是他的错，诺兰校长！"托德回头对诺兰喊道。

诺兰大步冲下过道，走到托德身边，把他按到座位上，大声喊道："你再说话或者有谁敢说话，就开除谁！"诺兰凶狠地瞪着全班。基丁朝托德走去，好像是想要帮他似的。"走吧，基丁先生！马上！"诺兰尖叫道。

学生们都看着基丁，基丁也看着他们，和他们做了最后一次交流，然后，转身朝门外走去。

“哦，船长！我的船长！”托德突然猛喊一声。基丁一下怔住了，他转身看托德，全班学生也都看着托德。只见托德一只脚跨上自己的课桌，然后整个人站到了桌子上，他强忍住眼泪，看着基丁。

诺兰实在气极了，他又朝托德奔过去，嘴里大吼着：“坐下。”

就在诺兰奔向托德的时候，教室另一边的诺克斯也喊着基丁的名字，猛地跳上了自己的课桌。诺兰见状又奔向诺克斯，可还没等他跑过去，米克斯也终于鼓起勇气跳上了桌子。接着是皮兹，一个接一个，先是除了卡梅伦外的他们几个诗社会员，然后是班上的其他人，都学着他们纷纷跳上了自己的桌子，眼神中充满激情地看着基丁。

见到这种情形，诺兰终于不再努力想控制局面，他知道不可能拦阻得住了。他气恼地站在一旁，看着学生们对他们前任英语老师的离别仪式。

基丁站在门边，激动地看着大家，沉默片刻，说：“谢谢你们，孩子们。我……谢谢你们。”他看着托德他们几个“死亡诗人”澄静而又坚定的目光，再看看全班同学，然后向大家点了点头，转身走出了教室。身后的学生们仍默默地站在课桌上向他致敬。